歴史《れきし》と人物《じんぶつ》でたどる

日本《にほん》の偉大《いだい》な建造物《けんぞうぶつ》！ドラマチックストーリー

作：藤田 晋一　絵：洵

4 近畿《きんき》・四国《しこく》

物語に登場する建造物《けんぞうぶつ》の歴史《れきし》

法隆寺中門《ほうりゅうじちゅうもん》（手前）と五重塔《ごじゅうのとう》（左奥《ひだりおく》）。

法隆寺《ほうりゅうじ》

奈良県生駒郡《ならいこまぐん》

法隆寺《ほうりゅうじ》は、607（推古《すいこ》15）年ごろに完成《かんせい》。奈良《なら》時代の歴史書《れきししょ》『日本書紀《にほんしょき》』によると670（天智《てんじ》9）年、全て焼失《しょうしつ》したと記されている。

その後まもなく再建《さいけん》が進められ復興《ふっこう》されたのが世界最古《さいこ》の木造建築群《もくぞうけんちくぐん》として知られる現在《げんざい》の西院伽藍《さいいんがらん》である。

西院伽藍《さいいんがらん》には世界最古《さいこ》の木造建築物《もくぞうけんちくぶつ》である金堂《こんどう》の他、五重塔《ごじゅうのとう》などが建《た》っている。この五重塔《ごじゅうのとう》は現存《げんぞん》する五重塔《ごじゅうのとう》の中では最古《さいこ》の木造建築物《もくぞうけんちくぶつ》である。

旧《きゅう》金《こん》毘《ぴ》羅《ら》大《おお》芝《しば》居《い》

香川《かがわ》県仲多度郡《なかたどぐん》

旧金毘羅大芝居《きゅうこんぴらおおしばい》は、1835（天保《てんぽう》6）年に建《た》てられた、今も現存《げんぞん》する日本最古《さいこ》の劇《げき》場建築《じょうけんちく》である。

1970（昭和《しょうわ》45）年、「旧金毘羅大芝居《きゅうこんぴらおおしばい》」として国の重要文化財《じゅうようぶんかざい》に指定された。

1976（昭和《しょうわ》51）年、4年の歳月《さいげつ》をかけて現在《げんざい》の仲多度郡琴平町《なかたどぐんことひらちょう》に移築復原《いちくふくげん》。2003（平成《へいせい》15）年、再《ふたた》び大改修《かいしゅう》が行われた。

江戸《えど》時代の雰囲気《ふんいき》を今に伝《つた》え、地元の人や観光客《かんこうきゃく》、歌舞伎《かぶき》ファンなどを楽しませる芝居《しばい》小屋として活躍《かつやく》している。

旧金毘羅大芝居《きゅうこんぴらおおしばい》。

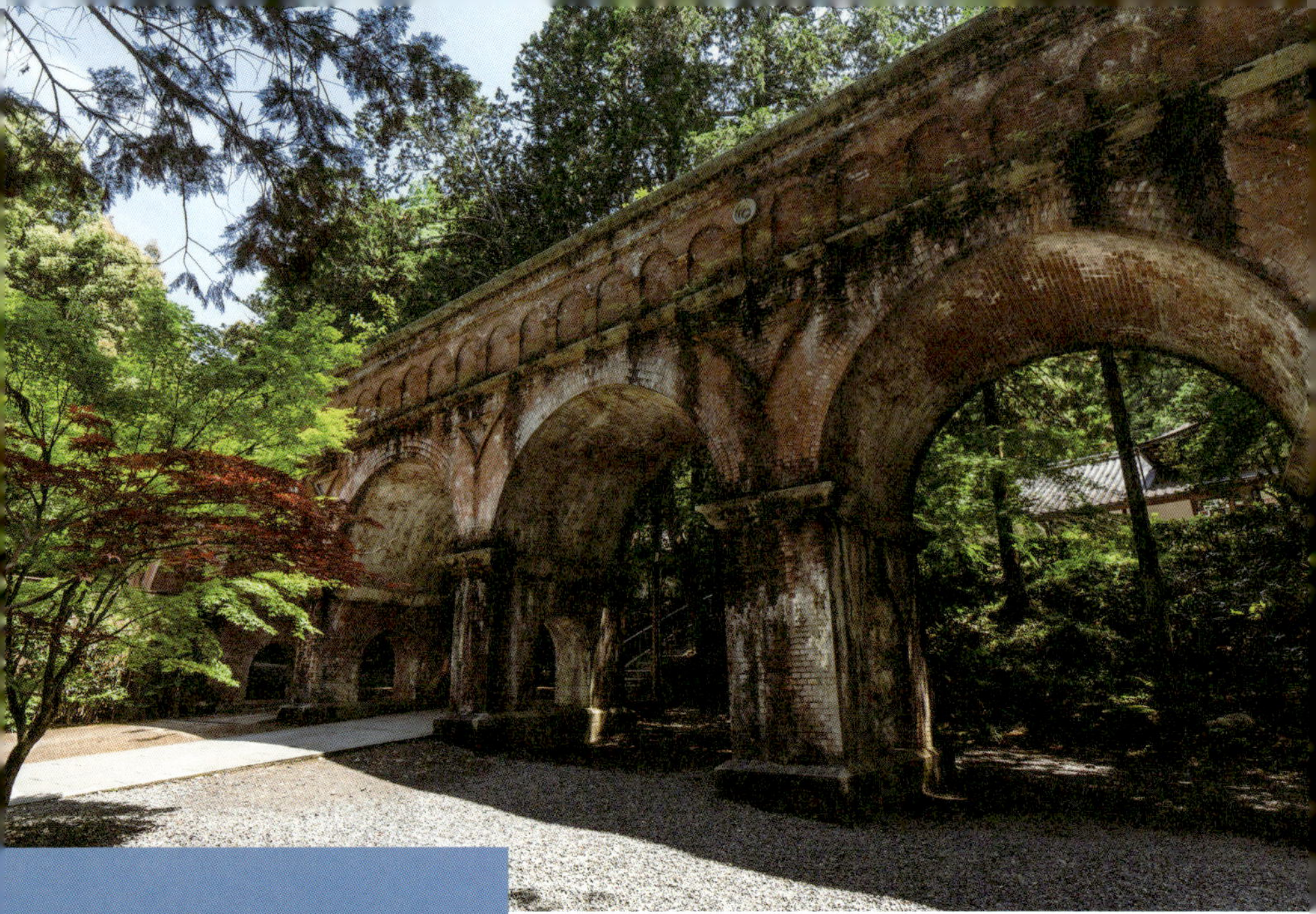

琵琶湖疏水水路閣《びわこそすいすいろかく》。

琵琶湖疏水《びわこそすい》

滋賀《しが》県大津《おおつ》市・京都《きょうと》府《ふ》京都《きょうと》市

疏水《そすい》とは灌漑《かんがい》・給水《きゅうすい》・発電などのため、新たに土地を切り開いて通水させた水路をいう。琵琶湖疏水《びわこそすい》は東京《とうきょう》へ首都機能《きのう》がうつり活気をなくした京都復興《きょうとふっこう》のため、1885（明治《めいじ》18）年に着工し、その5年後の1890（明治《めいじ》23）年に完成《かんせい》した。疏水《そすい》分線（分岐《ぶんき》する枝線《しせん》水路）の一部を形成《けいせい》するレンガ造《づく》りの水路閣《すいろかく》など歴史的《れきしてき》にも技術的《ぎじゅつてき》にも優《すぐ》れた建造物《けんぞうぶつ》などがあり、1996（平成《へいせい》8）年、国の史跡《しせき》に指定されている。

旧神戸居留地十五番館《きゅうこうべきょりゅうちじゅうごばんかん》。

旧《きゅう》神《こう》戸《べ》居《きょ》留《りゅう》地《ち》十《じゅう》五《ご》番《ばん》館《かん》

兵庫県《ひょうご》神戸市《こうべ》

旧神戸《きゅうこうべ》居留地《きょりゅうち》十五番館《じゅうごばんかん》は、神戸《こうべ》港の開港と共《とも》に、外国人のための住居《じゅうきょ》や通商の場として造成《ぞうせい》された旧神戸居《きゅうこうべきょ》留地《りゅうち》に現存《げんぞん》する唯一《ゆいいつ》の商館である。1995（平成《へいせい》7）年に発生した阪神《はんしん》・淡路《あわじ》大震災《しんさい》により全壊《ぜんかい》したが、文化《ぶんか》財修理《ざいしゅうり》では今まで見られなかった免《めん》震工法《しんこうほう》を採用《さいよう》して1998（平成《へいせい》10）年に復原《ふくげん》された。

通天閣《つうてんかく》

大阪府大阪市《おおさかふおおさか》

タイムカプセルのつぼと巻物《まきもの》（右）。

通天閣《つうてんかく》は、初代通天閣《しょだいつうてんかく》が火災《かさい》で焼失《しょうしつ》したあと、地域住民《ちいきじゅうみん》の強い願《ねが》いにより、1956（昭和《しょうわ》31）年に再建《さいけん》された。通天閣《つうてんかく》の塔頂部《とうちょうぶ》には当時、通天閣一《つうてんかくいっ》帯《たい》の戦災復興《せんさいふっこう》にかけた人々の思いを入れたタイムカプセルがとりつけられた。2001（平成《へいせい》13）年に開封《かいふう》され、中に入っていた2本の巻物《まきもの》の冒頭《ぼうとう》には「通天閣《つうてんかく》の再建《さいけん》なくして新世界《しんせかい》の繁栄《はんえい》は生まれず」とかかれていた。13メートルにもなる巻物《まきもの》にこめられた思いは今もなお受けつがれている。

通天閣《つうてんかく》（右）。

歴史《れきし》と人物《じんぶつ》でたどる

日本《にほん》の偉大《いだい》な建造物《けんぞうぶつ》！

ドラマチックストーリー

4 近畿《きんき》・四国《しこく》

この本の五つのお話は、史実《しじつ》にもとづく歴《れき》史《し》上のことがらを基本《きほん》に、フィクションをまじえて読みやすくまとめたものです。

第一話

法《ほう》隆《りゅう》寺《じ》

（奈良《なら》県）

まぼろしの道具「ヤリガンナ」とは

法隆寺五重塔《ほうりゅうじごじゅうのとう》

世界最古《さいこ》の木造建築《もくぞうけんちく》

四時間目の社会の授業《じゅぎょう》は、給食《きゅうしょく》前でお腹《なか》がすいているせいか、みんな集中力がなくてざわついている。日本の歴史《れきし》が好《す》きな私《わたし》には、とてもおもしろいのだけれど。

「法隆寺《ほうりゅうじ》を建《た》てたのはだれ？」

田中《たなか》先生の質問《しつもん》にもだれも答えない。私《わたし》はしかたなく手をあげて答えた。

「聖徳太子《しょうとくたいし》です。」

すると、後ろの席《せき》のお調子者の健太《けんた》が、

「ちがうよ、大工さんだよ。」

と大声を出したので、クラスのみんながいっせいに笑《わら》い、田中《たなか》先生も笑《わら》った。そして、

「その答えはテストでは丸をあげられないけど、いいところに気がついたね。法隆寺《ほうりゅうじ》をつくったのはたくさんの優《すぐ》れた大工さんたちで、彼《かれ》らは今も活躍《かつやく》しているよ。」

といったので、私《わたし》はびっくりしてしまった。法隆寺《ほうりゅうじ》は西暦《せいれき》六〇〇年ごろにできたはず。その大工さんが今も生きているとすると……。

「千四百歳《さい》の大工さん⁉」

思わず大きな声を出してしまった。すると、田中《たなか》先生は笑《わら》いながら教えてくれた。

「さすがにそんなに長生きはできないよ。法隆寺《ほうりゅうじ》は、聖徳太子《しょうとくたいし》の時代に建立《こんりゅう》されてからずっと、時代ごとの大工さんたちにていねいに修理《しゅうり》され、引きつがれてきたんだ。」

そして、田中《たなか》先生は法隆寺《ほうりゅうじ》についてのプリントを配りはじめた。

「法隆寺《ほうりゅうじ》は、世界で最《もっと》も古い木造《もくぞう》の建物《たてもの》だ。木はくさったり割《わ》れたりするし、燃《も》えやすいという欠点《けってん》もある。ではなぜそんな木を使った法隆寺《ほうりゅうじ》が、今もなお現存《げんぞん》していると思う？　日本にはいろいろな性質《せいしつ》の木が約《やく》千五百種《しゅ》もあるけれど、その木の性質《せいしつ》を見ぬき、土地や気候《きこう》などに合わせて使う工夫《くふう》や技術《ぎじゅつ》が、大昔からあったからなんだよ。法隆寺《ほうりゅうじ》は、木を見る目と使いこなす技術《ぎじゅつ》を持ち合わせた日本の職人《しょくにん》による、世界の木造建築《もくぞうけんちく》の最高傑作《さいこうけっさく》なんだ。そして、現代《げんだい》でも、法隆寺《ほうりゅうじ》は大工さんたちによって大切に修理《しゅうり》、手入れされているんだよ。」

配られたプリントには、法隆寺《ほうりゅうじ》の建物《たてもの》の図と、小さくおじいさんの写真が印刷《いんさつ》されている。

「そんなたくさんの大工さんの中に、とても優秀《ゆうしゅう》な人がいた。『法隆寺《ほうりゅうじ》の鬼《おに》』と呼《よ》ばれたきびしい大工さんで、西岡常一《にしおかつねかず》という人だよ。この人が、法隆寺《ほうりゅうじ》についていろいろなことを解明《かいめい》したんだ。」

教室はいつの間にかしーんとして、みんな田中《たなか》先生の話に聞き入っていた。

法隆寺《ほうりゅうじ》を支《ささ》えた「心」

日本で仏教《ぶっきょう》が広まりはじめたのは、西暦《せいれき》六〇〇年ごろのことだ。法隆寺《ほうりゅうじ》はそのころに聖徳太子《しょうとくたいし》によって建立《こんりゅう》されたといわれている。

聖徳太子《しょうとくたいし》は五七四年、用明天皇《ようめいてんのう》の長男として生まれた。馬小屋で生まれたといわれることから、厩戸皇子《うまやどのみこ》とも呼《よ》ばれる。聖徳太子《しょうとくたいし》は子どものころから正しい行いを心がけていた。

ある時、聖徳太子《しょうとくたいし》が、父親の用明天皇《ようめいてんのう》が住む王宮の庭で、友だちと大声を上げて遊んでいた。

あまりうるさいので、用明天皇《ようめいてんのう》が庭に出て怒《おこ》ると、他の子どもたちは、くもの子を散《ち》らすようににげてしまったが、聖徳太子《しょうとくたいし》だけは庭に残《のこ》っていた。用明天皇《ようめいてんのう》が、

「なぜおまえは、にげなかったのか。」

とたずねると、聖徳太子《しょうとくたいし》は、

「大声を出してさわいだのは私《わたし》ですから、しかられなくてはいけないと思います。」

と答えた。

また、聖徳太子《しょうとくたいし》はとてもかしこい人だった。村人がもめている場面に通りかかった太子《たいし》がもめごとのわけを聞くと、十人の村人たちが口々に自分の主張《しゅちょう》を話しはじめた。

「そんなにいっぺんに話したら、太子《たいし》様もおわかりにならないだろう。」

と聖徳太子《しょうとくたいし》のおつきの者が口をはさんだが、だまって聞いていた聖徳太子《しょうとくたいし》は、

「解決法《かいけつほう》はこうすればいい。」

といった。なんと聖徳太子《しょうとくたいし》は十人の村人の話を、全て聞きわけていたのだ。村人たちはその提《てい》案《あん》に納得《なっとく》し、太子《たいし》を、「豊聡耳皇子《とよとみみのみこ》（たくさん耳のある皇子《みこ》）」と呼《よ》んでほめたたえた。

大人になった聖徳太子《しょうとくたいし》は、役人の正しい心構《こころがま》えを説《と》いた「十七条《じゅうしちじょう》の憲法《けんぽう》」を定めたり、日本で初《はじ》めて身分を定める「冠位《かんい》十二階」をつくったり、中国《ちゅうごく》と使者をやりとりして親しく交流したりして、日本の政治《せいじ》のかじとりに大きな力を発揮《はっき》した。

そして、聖徳太子《しょうとくたいし》は仏教《ぶっきょう》の教えを深く信仰《しんこう》した。仏教《ぶっきょう》に反対する豪族《ごうぞく》との戦《たたか》いでは、仏教《ぶっきょう》の守り神の四天王の像《ぞう》を木をけずってつくり上げ、勝利《しょうり》に導《みちび》いたり、仏教《ぶっきょう》の経典《きょうてん》をわかりやすく説明《せつめい》したりと活躍《かつやく》する。

法隆寺《ほうりゅうじ》の建立《こんりゅう》も、仏教《ぶっきょう》を深く信《しん》じる心のあらわれだった。次第に人々は聖徳太子《しょうとくたいし》を仏《ほとけ》の生まれ変《か》わりとして信仰《しんこう》するようになっていった。

聖徳太子《しょうとくたいし》の死後、法隆寺《ほうりゅうじ》が太子《たいし》への信仰《しんこう》の中心となった。太子《たいし》をしたう庶民《しょみん》だけではなく、天皇《てんのう》や政治《せいじ》に関《かか》わる人々も法隆寺《ほうりゅうじ》を大切にした。だからこそ法隆寺《ほうりゅうじ》は、その後長くその存在《そんざい》を保《たも》つことになったのだ。

法隆寺《ほうりゅうじ》の鬼《おに》

昭和《しょうわ》時代の終わりごろのこと。ある大学の建築学《けんちく》の先生が、学生たちをつれて奈良《なら》県の法隆《ほうりゅう》寺《じ》を訪《おとず》れていた。法隆寺《ほうりゅうじ》の中でも最《もっと》も古い金堂《こんどう》という建物《たてもの》の軒《のき》を指さして説明《せつめい》している。

「見たまえ。今の建物《たてもの》に比《くら》べて軒《のき》が深いだろう。建物《たてもの》から屋根が長くのびている。これは飛鳥《あすか》時代に中国《ちゅうごく》や朝鮮《ちょうせん》半島から伝《つた》わった技法《ぎほう》で、壁《かべ》や柱が雨にあたってくさるのを防《ふせ》いでいる。」

学生たちは、熱心《ねっしん》に先生の言葉に耳をかたむけている。すると、そこにめがねをかけた作業着姿《すがた》のおじいさんがやってきて、いっしょに話を聞きはじめた。先生はかまわずに続《つづ》けた。

「そして、すばらしいのは、この重い屋根を支《ささ》える技術《ぎじゅつ》だ。肘木《ひじき》、大斗《だいと》、皿斗《さらと》という木の部品を組み合わせて、上手に重力を分散《ぶんさん》しながら柱に伝《つた》えている。飛鳥《あすか》時代の職人《しょくにん》たちの知恵《ちえ》と技《ぎ》術《じゅつ》が、法隆寺《ほうりゅうじ》を千年以上《いじょう》もの時をへて現存《げんぞん》させているんだな。」

学生たちは何度もうなずいている。おじいさんもうれしそうだ。気を良《よ》くした先生はさらに言葉を続《つづ》けた。

「ただ一つ意見がある。ここを見たまえ。」

先生はそういうと、柱と肘木《ひじき》のあいだにある部分を指さした。

「これは、雲肘木《くもひじき》と呼《よ》ばれているんだが、こんな形の雲なんてあるわけがない。これは流れる水をあらわしているんだ。どこかでだれかが伝《つた》えまちがってしまったんだろうな。」

すると、それまでだまって話を聞いていたおじいさんが突然《とつぜん》、口を開いた。

「私《わたし》ら大工は、それを雲と教えられてきましたけどな。朝、はよう起きて、二上山《にじょうざん》の方を見てみなさい。そうすると全く同じ雲が見られる。」

それだけいうと、むっとする先生をしり目に、おじいさんはすたすた行ってしまった。

学生の前ではじをかかされた先生だったが、翌朝《よくあさ》、宿の窓《まど》から、おじいさんのいったとおりの、水の流れるような形の不思議《ふしぎ》な光に包《つつ》まれた雲を見て、あの肘木《ひじき》が雲の形を意味していると納得《なっとく》する他なくなった。

（それにしても、あのおじいさんはだれだったんだろう？　大工といっていたが……。）

その時先生は、はっと、あるうわさを思い出した。

（法隆寺《ほうりゅうじ》には、西岡常一《にしおかつねかず》という大工の鬼《おに》がいる。）

そう、あのおじいさんこそ、法隆寺《ほうりゅうじ》の保存《ほぞん》に貢献《こうけん》する日本最高《さいこう》の技《わざ》を持った職人《しょくにん》、西岡常一《にしおかつねかず》だったのだ。

西岡《にしおか》は、代々法隆寺《ほうりゅうじ》の大工の棟《とう》りょうになる家に生まれ、一九九五（平成七《へいせい》）年に亡《な》くなるまで、その職《しょく》をつとめ上げて大工の技《わざ》をきわめた。

一口に大工の技《わざ》といっても、法隆寺《ほうりゅうじ》の大工ともなると技《わざ》を身につけるのも並大抵《なみたいてい》のことではない。木という材料《ざいりょう》は、建《た》てたあとも細かな修理《しゅうり》が必要《ひつよう》だ。何百年かに一度は、解体《かいたい》して大がかりな修理《しゅうり》も行う。時代ごとに用いられた技術《ぎじゅつ》や材料《ざいりょう》をよく知らなければ、正しく修理《しゅうり》することができない。

つまり、法隆寺《ほうりゅうじ》の大工とは、飛鳥《あすか》時代の技術《ぎじゅつ》も、鎌倉《かまくら》時代の技術《ぎじゅつ》も、室町《むろまち》時代の技術《ぎじゅつ》もよく知らないとつとまらない、大変《たいへん》な知識《ちしき》を必要《ひつよう》とする職業《しょくぎょう》なのだ。

飛鳥《あすか》の技《わざ》の再現《さいげん》にいどむ

一九三四（昭和《しょうわ》九）年、法隆寺《ほうりゅうじ》「昭和《しょうわ》の大修理《しゅうり》」と呼《よ》ばれる修理《しゅうり》が行われた。明治《めいじ》時代に行われた修理《しゅうり》以来《いらい》の大仕事だ。西岡《にしおか》は、ある大方針《ほうしん》を打ち立てた。それは、できるだけ建設《けんせつ》当時の姿《すがた》、つまり飛鳥《あすか》の姿《すがた》に戻《もど》すため、当時の技《わざ》を再現《さいげん》しながら修理《しゅうり》するというものだった。

明治《めいじ》時代の修理《しゅうり》では、建物《たてもの》が建《た》てられた当時の技《わざ》だけではなく、新しい技術《ぎじゅつ》を使って直していた。昭和《しょうわ》の大修理《しゅうり》にも、大工だけでなく、歴史《れきし》学者や建築《けんちく》学者、そして現代建築《げんだいけんちく》の技術《ぎじゅつ》者が加《くわ》わって、現代《げんだい》の技術《ぎじゅつ》を重視《じゅうし》していた。だから、西岡《にしおか》の大方針《ほうしん》は波乱《はらん》を巻《ま》き起こした。西岡《にしおか》が、

「鉄骨《てっこつ》は使わない。飛鳥《あすか》時代にはそんなものなかったんやから。」

と主張《しゅちょう》すると、技術《ぎじゅつ》者として加《くわ》わっていた建築《けんちく》学者からは、

「昔は、鉄で柱や梁《はり》をつくる技術《ぎじゅつ》もうまく使う技術《ぎじゅつ》もなかった。現在《げんざい》はきちんと確立《かくりつ》された技《ぎ》術《じゅつ》がある。だから鉄の骨組《ほねぐ》みを入れて強度を保《たも》つべきだ。」

など激《はげ》しい反発の声が上がった。それに対し西岡《にしおか》は、

「確立《かくりつ》された技術《ぎじゅつ》といっても、せいぜい百年間じょうぶに建《た》っているだけの実績《じっせき》ですやろ。鉄を全く使わないとはいいまへん。現《げん》に鉄の釘《くぎ》もつこうてる。けど、今の鉄はさびる。一見強そうでも、弱いんや。法隆寺《ほうりゅうじ》を千年以上《いじょう》も残《のこ》してきたのはヒノキの木の力や。」

とゆずらなかった。

結局《けっきょく》、現代工法《げんだいこうほう》は一部採用《さいよう》されたが、おおむね西岡《にしおか》の意見が通ることになった。

このように様々な論争《ろんそう》を行いながら、金堂《こんどう》の修理《しゅうり》が始まった。

金堂《こんどう》は、法隆寺《ほうりゅうじ》の西院伽藍《さいいんがらん》の中にある。伽藍《がらん》というのは、お寺と世間をわける塀《へい》（回廊《かいろう》）で囲《かこ》まれた清《きよ》らかな場所という意味だ。法隆寺《ほうりゅうじ》の伽藍《がらん》は、中央に金堂《こんどう》と塔《とう》が置《お》かれている。この様式は古い形式の伽藍配置《がらんはいち》と考えられている。伽藍《がらん》に入ると中門《ちゅうもん》、お寺の本堂《ほんどう》にあたる金堂《こんどう》、お経《きょう》をしまっておく経蔵《きょうぞう》、鐘《かね》をつく鐘楼《しょうろう》、お坊《ぼう》さんが日々勉強する講堂《こうどう》があり、そして回廊《かいろう》までが国宝《こくほう》に指定されている。

それぞれの建物《たてもの》には、国宝《こくほう》や重要文化財《じゅうようぶんかざい》になっている多くの仏像《ぶつぞう》がおさめられている。特《とく》に

金堂《こんどう》の中央におさめられた釈迦三尊像《しゃかさんぞんぞう》は、日本で最初《さいしょ》の仏師《ぶっし》・鞍作止利《くらつくりのとり》の作だ。怒《おこ》っているとも、泣《な》いているとも、ほほ笑《え》んでいるともわからないなぞの表情《ひょうじょう》（アルカイックスマイル）を浮《う》かべていることで知られている。

このように、貴重品《きちょうひん》だらけの西院伽藍《さいいんがらん》の解体修理《かいたいしゅうり》を西岡《にしおか》は指揮《しき》した。その西岡《にしおか》の家には、代々伝《つた》えられる言葉があった。

「神仏《しんぶつ》をあがめずして社頭伽藍《しゃとうがらん》を口にすべからず。」

お寺の工事に関《かか》わる職人《しょくにん》は、つねにお寺や仏《ほとけ》様に、尊敬《そんけい》の念《ねん》を持って仕事をしなければならないという意味だ。彫刻をする人が※一刀三礼《いっとうさんらい》というが、西岡《にしおか》は、一打三礼《いちださんらい》といい、釘《くぎ》の頭を一回打つ時も、三度頭を下げる。そんな気持ちで法隆寺《ほうりゅうじ》の修理《しゅうり》にいどんだのだった。

古代の釘《くぎ》と釘穴《くぎあな》

法隆寺《ほうりゅうじ》でも軒《のき》をとりつけるためにたくさんの釘《くぎ》が使われている。現代《げんだい》の釘《くぎ》は丸い頭の円柱形

※一刀三礼《いっとうさんらい》　仏像《ぶつぞう》を彫刻《ちょうこく》する時、一刻《きざ》みするごとに三度おがむこと。

が一般的《いっぱんてき》だが、法隆寺《ほうりゅうじ》で使われていたのは四角くて、頭はただ折《お》り曲げてあるだけの和釘《わくぎ》という釘《くぎ》だ。和釘《わくぎ》は、今の釘《くぎ》のように、ハンマーなどでコンコンと打ちこむことができない。一か所一か所にのみで穴《あな》をほり、そこに打ちこんでやらなければならないのだ。

西岡《にしおか》は、昭和《しょうわ》の大修理《しゅうり》のための新しい和釘《わくぎ》をつくり、大変《たいへん》な手間をかけて昔の方法《ほうほう》で打ちこんだ。ところが、その釘《くぎ》は建物《たてもの》の重さにたえられず、曲がってしまった。今まで使っていた和《わ》釘《くぎ》と同じ形、同じ打ち方なのに、新しく打った釘《くぎ》はなぜ曲がってしまうのか？　西岡《にしおか》は、曲がってしまった現在《げんざい》の釘《くぎ》と、解体《かいたい》した時にはずした古い釘《くぎ》を調べてみることにした。

すると、釘《くぎ》のつくり方が全くちがうということがわかった。新しい和釘《わくぎ》は、鉄を鋳型《いがた》に流しこんでつくるという、現在《げんざい》の製鉄法《せいてつほう》でつくられていた。それに対して昔の釘《くぎ》は、砂鉄《さてつ》をとかしてつくった鉄を、※鍛冶屋《かじや》が何度もたたきたえてつくったものだった。強度にちがいがあっても、不思議《ふしぎ》はない。

しかし、和釘《わくぎ》を昔ながらのつくり方でつくっている人はなかなかいない。西岡《にしおか》は、和釘《わくぎ》のつくり方の技《わざ》を伝承《でんしょう》している鍛冶屋《かじや》を必死《ひっし》になって探《さが》しあて、やっと釘《くぎ》をつくってもらって工事

※鍛冶屋《かじや》　金属《きんぞく》を打ちきたえ、加工《かこう》していろいろな器具《きぐ》をつくることを仕事とする人。

を軌道《きどう》に乗せたのだった。

様々な困難《こんなん》を乗り越《こ》えながら、修理《しゅうり》は進んでいった。そのあいだに思わぬ発見もあった。

軒《のき》をとり外して分解《ぶんかい》したパーツを並《なら》べていた時のことだ。何本かの材木《ざいもく》の不自然《ふしぜん》なところに釘《くぎ》の穴《あな》が残《のこ》っていることに、大工のひとりが気《き》づいた。穴《あな》の残《のこ》る材木《ざいもく》は、最初《さいしょ》に建《た》てられた時に使われたとても古いものだった。しかし、不必要《ふひつよう》な場所に釘穴《くぎあな》があけられている。西岡《にしおか》もわけがわからず首をかしげていたその時、

「棟《とう》りょう、ここの釘穴《くぎあな》となら合うんやないでしょうか。」

と弟子のひとりがいった。おどろいた西岡《にしおか》は、弟子にかけ寄《よ》った。

「でも、ここには別《べつ》の材木《ざいもく》がはまっとったはずや……。そうか、わかった。もともとあの材木《ざいもく》はここに使われていたんや。けど、いたんだからとりかえて、別《べつ》の場所に使われたんや!」

調べてみると、建立《こんりゅう》当時は、この材木《ざいもく》は、もっといたみやすい部分に使われていたもので、後の時代の修理《しゅうり》で、切って長さをつめて別《べつ》の場所に使っていたということがわかったのだ。

さらに、この部分から、建立《こんりゅう》当時の屋根の形がわかった。これは大発見だった。この西岡《にしおか》の

発見以降《いこう》、釘穴《くぎあな》の重要性《じゅうようせい》が認《みと》められ、法隆寺《ほうりゅうじ》だけではなく日本の様々な歴史的建造物《れきしてきけんぞうぶつ》の研究に役立てられるようになった。

復活《ふっかつ》ヤリガンナ

釘穴《くぎあな》の重要性《じゅうようせい》の発見と同じように、日本の歴史的建造物《れきしてきけんぞうぶつ》に関《かか》わる西岡《にしおか》の功績《こうせき》の一つに、道具の製作《せいさく》がある。

金堂《こんどう》の入り口の柱をよく見ると、丸い柱の下の方がふくらんでいるのがわかる。回廊《かいろう》の柱もみんなこの形だ。このような形の柱はエンタシスと呼《よ》ばれ、柱がすっきり見えるように古代ギリシアで考えられ、発達《はったつ》した技法《ぎほう》だ。

このエンタシスをつくるのは簡単《かんたん》ではない。木は上の方が細くなるから、そのまま立てればいいだろうと思うかもしれない。しかし、同じ太さ、高さの柱に適《てき》した木はそんなに都合よくたくさんは見つからないので、加工《かこう》して形をそろえなければならない。さらに、木の表面をけ

ずって美しく整えなければならないのだ。

西岡《にしおか》は、いつも使っているカンナをかけて仕上げようとした。ところが、エンタシスのすっきりした線がどうしても出ない。西岡《にしおか》は、何日もなやみ続《つづ》けた。そんなある日ふと気《き》づいた。

(今のカンナは室町《むろまち》時代ごろつくられた。だったら、それより昔の職人《しょくにん》は、何で木をけずっていたんやろう?)

西岡《にしおか》は、大工道具について調べはじめた。すると古い時代の絵巻物《えまきもの》の中で、大工が丸太にまたがり、柄《え》の長い刃物《はもの》をふるっている姿《すがた》を見つけたのだ。

「これや。これにちがいないわ。」

西岡《にしおか》は思わずつぶやいた。というのも、以前《いぜん》、※東大寺《とうだいじ》の正倉院《しょうそういん》という昔の書物などをおさめた建物《たてもの》の中に、「ヤリガンナ」という大工道具があったのを記憶《きおく》していたからだった。金堂《こんどう》のあの柱はヤリガンナでけずったにちがいない。西岡《にしおか》は、ヤリガンナの情報《じょうほう》を集めることにした。そして、正倉院《しょうそういん》におさめられた物から、古墳《こふん》の出土品までを調べ上げ、ヤリガンナの形を明らかにして、それを鍛冶屋《かじや》にたのみ再現《さいげん》してもらった。

※東大寺《とうだいじ》　奈良《なら》県にある寺院で「奈良《なら》の大仏《だいぶつ》」で知られる。国宝《こくほう》であり、世界遺産《いさん》にも登録《とうろく》されている。

こうして、西岡《にしおか》の手もとに、現代《げんだい》によみがえったヤリガンナが届《とど》けられた。ところが、木が全くけずれない。少しけずれては、すぐにちぎれてしまう。ヤリガンナの刃《は》を何度も木にはね返されるうちに、西岡《にしおか》はあることに気《き》づいた。

(これは、釘《くぎ》と同じやな。)

届《とど》けられたヤリガンナは、現代《げんだい》の鉄でつくられたものだったのだ。西岡《にしおか》は早速、昔のやり方で鉄をつくっている人に、ヤリガンナの刃《は》をつくってくれるよう依頼《いらい》した。

昔の製法《せいほう》の刃《は》にかえたヤリガンナが届《とど》けられた。カンナの刃《は》は、日本刀のように青白い光を放っている。

(これなら切れる。)

西岡《にしおか》は木にヤリガンナの刃《は》をあてた。引くとシュルシュルと木がけずれていく。

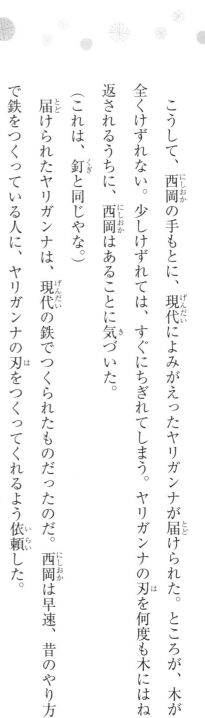

「ありがたい。これで柱がけずれる!」

こうして、西岡《にしおか》はヤリガンナの復元《ふくげん》と、金堂《こんどう》の柱の再現《さいげん》の両方に成功《せいこう》したのだった。

使っているうちに、ヤリガンナの不思議《ふしぎ》な特徴《とくちょう》がわかってきた。同じヒノキの板を二枚《まい》用意

して、ヤリガンナと現代《げんだい》のカンナでそれぞれけずって、しばらく放置《ほうち》しておくと、現代《げんだい》のカンナでけずった方はかびが生え、ヤリガンナでけずった方は生えないのだ。西岡《にしおか》はそれを見て、（ヤリガンナは使いにくいが、木の細胞《さいぼう》がスパッと切れて木を生かす。現代《げんだい》のカンナは、ちぎれるように切れるから木をいためてしまう。飛鳥《あすか》の職人《しょくにん》っちゅうのはえらいもんや……。）と感心した。千年以上《いじょう》昔の道具を再現《さいげん》して、そこから木との接《せっ》し方を学ぶ。西岡《にしおか》は、法隆寺《ほうりゅうじ》の姿《すがた》をよみがえらせ、未来《みらい》に残《のこ》すための努力《どりょく》を惜《お》しまなかった。

西岡《にしおか》だけでなく、千年以上《いじょう》の時の中に、たくさんの職人《しょくにん》たちのたゆまぬ努力《どりょく》の積《つ》み重ねがあったのだろう。そして、法隆寺《ほうりゅうじ》は今も飛鳥《あすか》の地で、一四〇〇年前の姿《すがた》を保《たも》っている。

現代《げんだい》に生きる法隆寺《ほうりゅうじ》の技術《ぎじゅつ》

ここまで一気に話した田中《たなか》先生は、授業《じゅぎょう》の最後《さいご》に意外な話をしてくれた。

「法隆寺《ほうりゅうじ》の五重塔《ごじゅうのとう》は、たび重なる大きな地震《じしん》にも倒《たお》れなかった。これは、心柱《しんばしら》という柱と建物《たてもの》がつながっていない、特殊《とくしゅ》な建《た》て方が一つの理由ではないかと考えられている。その心柱《しんばしら》の構《こう》造《ぞう》が二〇一二（平成《へいせい》二十四）年に建《た》てられた※東京《とうきょう》スカイツリー中央部にある円筒状構造体《えんとうじょうこうぞうたい》に似《に》ているんだ。」

大昔の職人《しょくにん》の知恵《ちえ》は、西岡《にしおか》さんのような職人《しょくにん》によって受けつがれ、発見され、古い建物《たてもの》を守っている。そうした知恵《ちえ》の中にはまだ理論的《りろんてき》に解明《かいめい》されていないものも多いという。でも、その昔の知恵《ちえ》は、新しい建物《たてもの》にも通用する優《すぐ》れたものなのだ。私《わたし》は歴史《れきし》が今も生きている生き物のように感じられて、どきどきしてしまった。

「じゃあ、最後《さいご》に確認《かくにん》の質問《しつもん》だよ。法隆寺《ほうりゅうじ》を建立《こんりゅう》したのはだれですか？」

田中《たなか》先生の質問に、お調子者の健太《けんた》が元気よく答える。

「はい！　西岡《にしおか》さんです！」

「うーん、まちがいじゃないけど、テストでは『聖徳太子《しょうとくたいし》』と答えてください。」

その時チャイムが鳴って、にぎやかな笑《わら》い声で社会の授業《じゅぎょう》は終わった。

※東京《とうきょう》スカイツリー　東京《とうきょう》都にある世界一高い自立式電波塔《とう》。

おもしろ雑学《ざつがく》 1

法隆寺をもっと知ろう

飛鳥時代の職人の知恵《ちえ》や技《わざ》がいっぱい！

軒《のき》の構造《こうぞう》

軒下《のきした》を見てみると装飾《そうしょく》のようにも見える、組物《くみもの》と呼《よ》ばれる軒《のき》を支《ささ》える役割《やくわり》を果《は》たす部材《ぶざい》がある。

瓦《かわら》の重みにたえられる機能性《きのうせい》を持たせなければならないため、深い軒《のき》にするのは技術的《ぎじゅつてき》に非常《ひじょう》に難《むずか》しい。

りっぱな瓦《かわら》を乗せている深く複《ふく》雑《ざつ》な法隆寺《ほうりゅうじ》の軒《のき》は、飛鳥《あすか》時代の職人の豊富《ほうふ》な木の知識《ちしき》と技《わざ》によってつくられている。

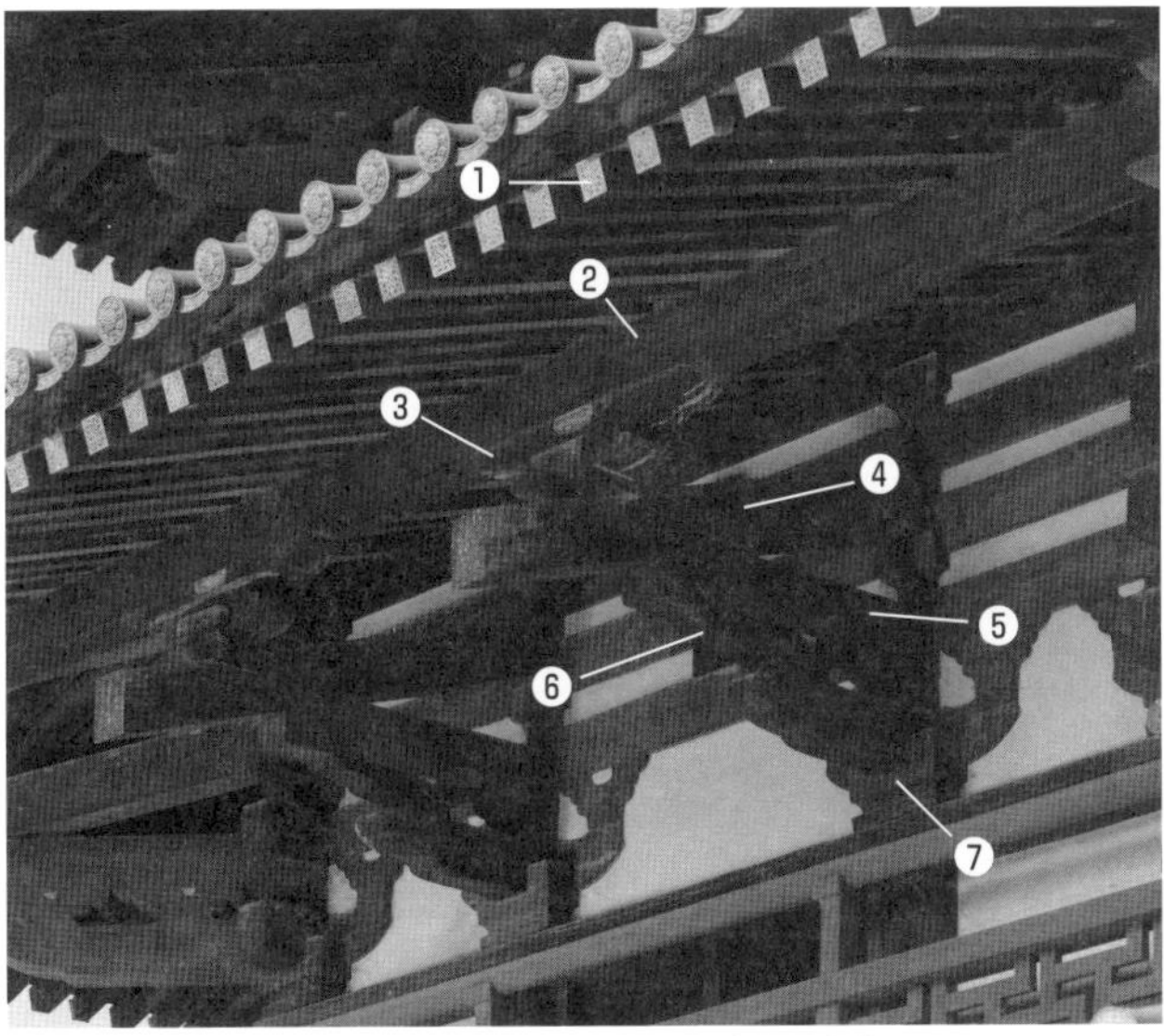

法隆寺中門《ほうりゅうじちゅうもん》の軒下《のきした》と各名称《かくめいしょう》

❶垂木《たるき》
❷出桁《だしげた》
❸雲肘木《くもひじき》
❹尾垂木《おだるき》
❺力肘木《ちからひじき》
❻雲斗雲肘木《くもますくもひじき》
❼大斗《だいと》

連子窓《れんじまど》

回廊《かいろう》には大きな連子窓《れんじまど》といわれる窓《まど》がある。仏教《ぶっきょう》が伝来《でんらい》した当時の仏教《ぶっきょう》寺院の窓《まど》は連子窓《れんじまど》だった。「連子子《れんじこ》」と呼《よ》ばれる断面《だんめん》がひし形の棒状《ぼうじょう》の材《ざい》を並《なら》べてつくられている。

法隆寺《ほうりゅうじ》のエンタシスの柱

エンタシスとは古代ギリシャ発《はっ》祥《しょう》の建築方法《けんちくほうほう》で、円柱の柱身などにあるふくらみのことである。外光によって柱の中央部が細く見えてしまうことをふせいだり、荷重を支《ささ》える力をしめし、視覚的《しかくてき》な安《あん》定性《ていせい》を表現《ひょうげん》したとされている。

エンタシスを用いた有名な建築《けんちく》物《ぶつ》には、ギリシャのパルテノン宮《きゅう》殿《でん》などがある。ただし法隆寺《ほうりゅうじ》の柱は、ギリシャのものと構造《こうぞう》が少しちがっていて、柱の上部が一番細く、下部から三分の一くらい上のところが一番太いつくりになっている。このことから日本の木の材《ざい》質《しつ》に合わせた建築法《けんちくほう》や独自《どくじ》の文化でつくられた形状《けいじょう》ではないかといわれている。

法隆寺《ほうりゅうじ》の回廊《かいろう》の連子窓《れんじまど》とエンタシスの柱。

第二話

旧《きゅう》金毘羅《こんぴら》大芝居《おおしばい》

（香川《かがわ》県）

よみがえる江戸《えど》時代の劇場《げきじょう》

平成《へいせい》の大改修《かいしゅう》後の旧金毘羅大芝居《きゅうこんぴらおおしばい》内部

日本最古《さいこ》の劇場《げきじょう》

満開《まんかい》の桜《さくら》におおわれた琴平町《ことひらちょう》。町の中心は観光客《かんこうきゃく》であふれている。観光客《かんこうきゃく》の目を引きつけているのは、ふだんはなかなか目にできない人力車に乗る歌舞伎《かぶき》役者の行列、お練《ね》りだ。

「仁左衛門《にざえもん》さーん。」

「雀右衛門《じゃくえもん》さーん。」

「いよっ、松嶋屋《まつしまや》！」

と沿道《えんどう》から役者の名前や屋号※を呼《よ》ぶたくさんの声がかかる。役者も笑顔《えがお》で手をふり答えている。

この人力車の行列の行く先は「金毘羅大芝居《こんぴらおおしばい》」、通称《つうしょう》「金丸座《かなまるざ》」。日本で一番古い劇場《げきじょう》だ。

沿道《えんどう》で行列を見守るたくさんの人の中に、ふたりの地元の中学生がいた。ひとりは歌舞伎《かぶき》が大好《す》きな里《さと》ちゃん。もうひとりは里《さと》ちゃんとなかよしの優《ゆう》ちゃんだ。

優《ゆう》ちゃんは里《さと》ちゃんにさそわれて行列を見にきたが、歌舞伎《かぶき》のことはよくわからない。そん

※屋号　商家、または歌舞伎《かぶき》役者などの名字以外《いがい》の家の呼《よ》び名。歌舞伎《かぶき》では屋号で声をかけてひいきにする役者を激励《げきれい》する。

な優《ゆう》ちゃんがびっくりしてしまうほど、里《さと》ちゃんは役者さんを見て興奮《こうふん》している。

「ねえねえ、今の仁左衛門《にざえもん》さんだよ！　テレビで見たことがあるでしょ？」

「わかんない。私《わたし》、いつもアニメとか見てるから。」

あっさり答えた優《ゆう》ちゃんに、里《さと》ちゃんはいった。

「歌舞伎《かぶき》もアニメもそんなに変《か》わらないのに。おもしろいよ。」

「そうかなあ。難《むずか》しくない？　何いってるかわかんないよ。」

里《さと》ちゃんは首をふった。

「そんなことないよ。言葉は確《たし》かにちょっと古めかしいけど、おどりもあるし、ノリ・ツッコミみたいなやりとりもあるし、すごく泣《な》いちゃう感動的《てき》なシーンもあるし、いろんな歌舞伎《かぶき》があるの。ヒーローが大活躍《かつやく》する物語なんか、優《ゆう》ちゃんは絶対《ぜったい》気に入ると思う。」

「え、ヒーローが出てくるの？」

戦隊《せんたい》ものが大好《す》きで、いつも弟といっしょに見ている優《ゆう》ちゃんの目が光る。

「ヒーロー、いっぱいいるよ。それに、実際《じっさい》に起きた事件《じけん》をもとにして、再現《さいげん》ドラマみたいなお芝居《しばい》なんかもつくられてたの。昔の人にとって歌舞伎《かぶき》は、今のアニメとかドラマみたいなもので、私《わたし》たちのようなふつうの人が楽しむためのものだったんだよ。だから、すごい人気だったんだって。見た人たちが歌舞伎《かぶき》に夢中《むちゅう》になりすぎたり、歌舞伎《かぶき》から影響《えいきょう》を受けすぎたりするんじゃないかと心配して、江戸幕府《えどばくふ》が歌舞伎《かぶき》の上演《じょうえん》を制限《せいげん》したこともあるらしいよ。」

と里《さと》ちゃんは楽しそうに話す。

「あ！　私《わたし》も、ママからアニメを見る時間を制限《せいげん》されてる！」

優《ゆう》ちゃんは、だんだん歌舞伎《かぶき》を身近に感じはじめた。

「でもさ、ちょっとよくわからないのは、六代目とか七代目とか、歌舞伎《かぶき》の役者さんって、どうして親子で同じ名前を名乗るの？　混乱《こんらん》しちゃう。」

里《さと》ちゃんは、優《ゆう》ちゃんの言葉にうなずいた。

「うん、確《たし》かにまぎらわしいよね。でも、店長が変《か》わってもお店の営業内容《えいぎょうないよう》が変《か》わらなければお店の名前は変《か》わらないでしょ？　それと同じで、歌舞伎《かぶき》の役者さんは芸《げい》をそのまま引きつぐから、同じ名前を名乗るんだよ。七代目は、七代前からずっと芸《げい》を引きついでいますっていうこと。伝統《でんとう》の証拠《しょうこ》なの。」

「なるほど～。じゃあ、ついでにもうひとつ質問《しつもん》。どうして男の人が女の人の役もやるの？」

「歌舞伎《かぶき》が始まったばかりのころは、女の人も出ていたの。でも、見る人たちがきれいな女優《じょゆう》さんたちに夢中《むちゅう》になりすぎると生活がみだれるからって、女の人の出演《しゅつえん》が禁止《きんし》されちゃったんだって。だから、男の人が女の人の役もやるようになったんだよ。」

優《ゆう》ちゃんは、里《さと》ちゃんの歌舞伎博士《かぶきはかせ》ぶりに、すっかり感心してしまった。

「里《さと》ちゃん、ほんとに歌舞伎《かぶき》にくわしいね。どうしてそんなに歌舞伎《かぶき》が好《す》きなの？」

里《さと》ちゃんはちょっとさびしそうに笑《わら》って答えた。

「去年亡《な》くなったおばあちゃんが、金丸座《かなまるざ》の歌舞伎《かぶき》につれていってくれたの。それで好《す》きになったんだ。」

里《さと》ちゃんの視線《しせん》の先には、おばあちゃんが「金丸座《かなまるざ》」と呼《よ》んで親しみ、地元琴平町《ことひらちょう》の宝物《たからもの》として大切にしていた、木造《もくぞう》の劇場《げきじょう》「金毘羅大芝居《こんぴらおおしばい》」があった。

一流の歌舞伎《かぶき》役者が出演《しゅつえん》し、たくさんの客を呼《よ》び集めて盛《も》り上がる金丸座《かなまるざ》。しかし、このようにはなやかな劇場《げきじょう》になるまでには、たくさんの人の苦労《くろう》と、様々な奇跡《きせき》があったのだ。

金丸座《かなまるざ》の成《な》り立ち

琴平《ことひら》の町は、もともと歌舞伎《かぶき》に縁《えん》の深い土地だった。それは、琴平《ことひら》の町に「こんぴらさん」の名で知られる、金刀比羅宮《ことひらぐう》という大きな神社があるからだ。

「金比羅《こんぴら》、船々、追風《おいて》に帆《ほ》かけて、シュラシュシュシュ、まわれば四国は讃州那珂《さんしゅうなか》の郡《ごおり》、象頭《ぞうず》山《さん》、金比羅大権現《こんぴらだいごんげん》、一度まわれば。」

こんな民謡《みんよう》があるが、これは金比羅参《こんぴらまい》りが江戸《えど》時代に大人気の旅だったことをあらわす証拠《しょうこ》の一つだ。当時の人たちは、一生に一度長い休みをとって、金刀比羅宮《ことひらぐう》や伊勢神宮《いせじんぐう》など、有名な神社へお参《まい》りするのを楽しみにしていた。

金刀比羅宮《ことひらぐう》の※門前町《もんぜんまち》の琴平町《ことひらちょう》では、江戸《えど》時代、年三回（三月、六月、十月）会式《えしき》というイベントが行われた。会式《えしき》では市《いち》が開かれ、相撲《すもう》、※軽業《かるわざ》、あやつり人形、芝居《しばい》などの仮《かり》小屋がつ

※門前町《もんぜんまち》　神社、寺院の参道《さんどう》沿《ぞ》いに発達《はったつ》した町。
※軽業《かるわざ》　綱渡《つなわた》りなど身軽に演《えん》じる業《わざ》。曲芸《きょくげい》。

くられ、訪《おとず》れた人を大いに楽しませた。中でも人気があったのが歌舞伎興行《かぶきこうぎょう》だった。

歌舞伎《かぶき》は江戸幕府《えどばくふ》からにらまれていたため、地方興行《こうぎょう》は難《むずか》しかったのだが、この地を治《おさ》めていた高松藩《たかまつはん》寺社方《じしゃがた》※から、富《とみ》くじ場※をいっしょにつくるということで、一八三五（天保六《てんぽう》）年、特別《とくべつ》に劇場《げきじょう》をつくることが許《ゆる》された。こうしてつくられたのが、金丸座《かなまるざ》の前身の「金毘羅大芝居《こんぴらおおしば》」という劇場《げきじょう》だ。

この劇場《げきじょう》は、当時大阪《おおさか》の道頓堀《どうとんぼり》にあった一流の劇場《げきじょう》、「大西芝居《おおにししばい》」の設備《せつび》をまねてつくられている。そのため、江戸《えど》、京都《きょうと》、大阪《おおさか》にある一流の劇場《げきじょう》に匹敵《ひってき》するものとして、全国的《てき》にも有名になった。国中の一流役者が舞台《ぶたい》をふみ、特《とく》に若手《わかて》の役者にとっては、将来《しょうらい》一流の役者になるための登竜門《とうりゅうもん》ともいうべき場所だったといわれる。

しかし、江戸《えど》時代に大変《たいへん》にぎわった金毘羅大芝居《こんぴらおおしばい》は、明治《めいじ》時代に危機《きき》をむかえる。歌舞伎《かぶき》以外《がい》の娯楽《ごらく》が増《ふ》え、また、江戸《えど》時代とは働《はたら》き方も変《か》わって、人々が金比羅参《こんぴらまい》りにおしかけることが少なくなったために、観客《かんきゃく》が減《へ》ってしまったのだ。金比羅参《こんぴらまい》りがおとろえるのと同じように金毘羅大芝居《こんぴらおおしばい》もおとろえ、名前も「稲荷座《いなりざ》」「千歳座《ちとせざ》」「金丸座《かなまるざ》」と変《か》わっていった。やがて歌《か》

※寺社方《じしゃがた》　寺や神社を管理《かんり》した役人。
※富《とみ》くじ場　現在《げんざい》の宝《たから》くじのようなもの。江戸《えど》時代、寺社にかかるお金を集めるために行われた。

舞伎《ぶき》興行《こうぎょう》は行われなくなり、映画館《えいがかん》となってしまった。

そして、ついには映画館《えいがかん》としても営業《えいぎょう》をやめてしまう。江戸《えど》時代、全国にその名を知られた金毘羅大芝居《こんぴらおおしばい》は、忘《わす》れ去られ歴史《れきし》のかげにひっそりと消えていこうとしていた。歌舞伎《かぶき》の劇場《げきじょう》の状況《じょうきょう》は、東京《とうきょう》でも大阪《おおさか》でも同じだった。ある劇場《げきじょう》は、新しく建《た》てかえられ、またある劇場《げきじょう》は戦争《せんそう》によって焼《や》かれ、もう、江戸《えど》時代と同じ設備《せつび》の劇場《げきじょう》は存在《そんざい》しなかった。

金丸座《かなまるざ》の設備《せつび》も古くなり、

「この劇場《げきじょう》もいよいよとりこわしの時期が近づいたか……。」

と、だれもが思った。

初《はじ》めての奇跡《きせき》

その状況《じょうきょう》を変《か》えるできごとが起きた。

一九四七（昭和《しょうわ》二十二）年、「建築文化《けんちくぶんか》」という小さな雑誌《ざっし》に金毘羅大芝居《こんぴらおおしばい》についての記事が掲載《けいさい》されたのだ。江戸《えど》時代のままの設備《せつび》を残《のこ》し、戦争《せんそう》の被害《ひがい》にあっていない芝居《しばい》小屋が、まだ琴平町《ことひらちょう》に残《のこ》っていることがしょうかいされた。

次いで、琴平町《ことひらちょう》出身の郷土史家《きょうどしか》の草薙金四郎《くさなぎきんしろう》が、ラジオや新聞で「金丸座《かなまるざ》は江戸《えど》時代の舞台《ぶたい》を保存《ほぞん》した文化財《ぶんかざい》だ。絶対《ぜったい》に残《のこ》さなければならない」と声を上げた。草薙《くさなぎ》の声におされるように、町の人たちも金丸座《かなまるざ》の価値《かち》を見直し、金丸座《かなまるざ》保存《ほぞん》運動を始めた。

そして、町の盛《も》り上がりにこたえる形で、香川《かがわ》県が一九五三（昭和《しょうわ》二十八）年、金丸座《かなまるざ》を県の重要文化財《じゅうようぶんかざい》に指定した。しかし、当時、県は※太平洋戦争《せんそう》の傷跡《きずあと》から立ち直りきれずにいて、金丸座《かなまるざ》にじゅうぶんな支援《しえん》が行えなかった。

一九五八（昭和《しょうわ》三十三）年にイギリスの東洋演劇《えんげき》研究家スコットが金丸座《かなまるざ》を訪《おとず》れた。当時の金丸座《かなまるざ》は、手入れが行き届《とど》かずボロボロの状態《じょうたい》。その様子が全国紙に「いたましい金丸座《かなまるざ》」というタイトルでしょうかいされた。すると、これがきっかけになり、

「江戸《えど》時代そのままの劇場《げきじょう》が四国にあるらしいぞ。」

「今のうちに手入れをすれば、保存《ほぞん》できるかもしれない。」

※太平洋戦争《せんそう》　1941～1945年に起こった、アメリカ、イギリスなど連合国《れんごうこく》と日本とのあいだで戦《たたか》われた戦争《せんそう》。

そんな声が全国の研究者や演劇関係者《えんげきかんけいしゃ》から上がりはじめた。そして、金丸座保存《かなまるざほぞん》運動は、琴平町《ことひらちょう》や香川《かがわ》県だけでなく全国に大きなうねりとなって広がっていった。ついには国も動き出し、専門家《せんもんか》が何人も派遣《はけん》されることとなった。

一九七〇（昭和《しょうわ》四十五）年、金丸座《かなまるざ》は「旧金毘羅大芝居《きゅうこんぴらおおしばい》」として、国の重要文化財《じゅうようぶんかざい》に指定された。あわせて解体修理《かいたいしゅうり》と移築《いちく》が行われ、一九七六（昭和《しょうわ》五十一）年、とうとう現在《げんざい》の場所に建《た》つことになった。これが、消えていくのを待つばかりだった金丸座《かなまるざ》に起きた、最初《さいしょ》の奇跡《きせき》だった。

よみがえった金丸座《かなまるざ》は、町の新しいシンボルとなり、町の人たちには、「ここで芝居《しばい》が見たい、江戸歌舞伎《えどかぶき》が見たい」という新たな願《ねが》いが生まれたのである。

当時、国から重要文化財《じゅうようぶんかざい》の指定を受けた建物《たてもの》は、芝居《しばい》に使うことは許可《きょか》されず、建物《たてもの》の見物ができる程度《ていど》だった。しかし、金丸座《かなまるざ》の復興《ふっこう》運動に関《かか》わった人たちは、こう考えていた。

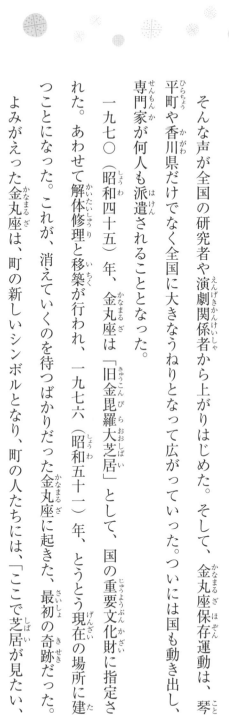

「せっかく復活《ふっかつ》させた金丸座《かなまるざ》が、生きた劇場《げきじょう》ではなく死んだ劇場《げきじょう》になってしまうのは惜《お》しい。」

また、そのころ、本州と四国を結《むす》ぶ瀬戸大橋《せとおおはし》も着工され、新しい観光資源《かんこうしげん》として金丸座《かなまるざ》を生かしたいと町も動き出した。こうして町一丸となっての、金丸座《かなまるざ》で芝居《しばい》を上演《じょうえん》しようという運動が始まった。

しかし、町の要望《ようぼう》を受けた、重要文化財《じゅうようぶんかざい》を管轄《かんかつ》する文化庁《ぶんかちょう》の建造物課《けんぞうぶつか》からの返事は、「重要《じゅうよう》文化財《ぶんかざい》をこわす恐《おそ》れがあるので許可《きょか》できない」というものだった。

二度目の奇跡《きせき》

一九八四（昭和《しょうわ》五十九）年、CBC《シービーシー》テレビ「すばらしき仲間《なかま》」という番組が、金丸座《かなまるざ》で番組を収録《しゅうろく》することになった。出演《しゅつえん》するのは二代目中村吉右衛門《なかむらきちえもん》、五代目中村勘九郎《なかむらかんくろう》（後の十八代目中村勘三郎《なかむらかんざぶろう》）、二代目澤村藤十郎《さわむらとうじゅうろう》の三人だ。
金丸座《かなまるざ》の中を見てまわる三人。初《はじ》めは、今の舞台《ぶたい》と比《くら》べて見ているだけだったが、次第に、「いいね。いいね」と口にし始めた。
柱や縄《なわ》の一本一本をさわりながら、「ここに歌舞伎《かぶき》の原点がある」「客席《きゃくせき》と舞台《ぶたい》、こんなに近いもんなんだなあ」と感想をもらす。

そして、勘九郎《かんくろう》は、「歌舞伎《かぶき》の神様ってのが、こういう古い小屋にはいるっていうけど、ここにはきっといる気がするよ」と、金丸座《かなまるざ》の魅力《みりょく》を表現《ひょうげん》し、同行していた町の担当者《たんとうしゃ》に、

「ぜひここで歌舞伎《かぶき》をやりたい。」

と持ちかけたのだ。担当者《たんとうしゃ》がいいにくそうに、

「ここは重要文化財《じゅうようぶんかざい》なので、文化庁《ぶんかちょう》がオーケーをくれなくて……。」

と話すと、藤十郎《とうじゅうろう》が、

「うちの会社に相談してみますよ。」

と引き受けた。歌舞伎《かぶき》を主催《しゅさい》する松竹《しょうちく》という会社は、古典芸能《こてんげいのう》の仕事を通じて、文化庁《ぶんかちょう》とつながりがある。そこで、松竹《しょうちく》から文化庁《ぶんかちょう》の地方文化振興課《しんこうか》に働《はたら》きかけ、とうとう、金丸座《かなまるざ》で芝居《しばい》をする許可《きょか》が下りた。「金丸座《かなまるざ》で歌舞伎《かぶき》が見たい」という町の人々の願《ねが》いが、ついに聞き届《とど》けられた。

金丸座《かなまるざ》に二度目の奇跡《きせき》が起きたのだ。

こんぴら歌舞伎《かぶき》

一九八五（昭和《しょうわ》六十）年、現在《げんざい》まで続《つづ》く「四国こんぴら歌舞伎大芝居《かぶきおおしばい》」公演《こうえん》の第一回公演《こうえん》が決定した。ここで歌舞伎《かぶき》をやりたいといい出した中村勘九郎《なかむらかんくろう》は、スケジュールの都合で出演《しゅつえん》できなかったが、中村吉右衛門《なかむらきちえもん》、澤村藤十郎《さわむらとうじゅうろう》をはじめ、一流の歌舞伎《かぶき》役者が出演《しゅつえん》することとなった。第一回公演《こうえん》では、「※再桜遇清水《さいかいざくらみそめのきよみず》」という作品が上演《じょうえん》された。

この作品は、昔から伝《つた》わる古典歌舞伎《こてんかぶき》ではない。金丸座《かなまるざ》の古い設備《せつび》に感動した吉右衛門《きちえもん》が、金丸座《かなまるざ》の仕掛《しか》けを生かした芝居《しばい》をやりたいと、脚本《きゃくほん》をかきつくり上げたものだった。

このように、金丸座《かなまるざ》は役者にも影響《えいきょう》をあたえるパワーをひめていた。役者ばかりではない。町の人も燃《も》え上がった。ボランティアとして、客の受付《うけつけ》や案内《あんない》、そして舞台装置《ぶたいそうち》の操作《そうさ》にも一生懸命《いっしょうけんめい》とり組んで、公演《こうえん》を盛《も》り上げた。

金丸座《かなまるざ》に収容《しゅうよう》できる観客《かんきゃく》の数は、最大《さいだい》で七百四十人。現代《げんだい》の感覚《かんかく》だと中規模《きぼ》の劇場《げきじょう》だが、江《え》

※再桜遇清水《さいかいざくらみそめのきよみず》　歌舞伎《かぶき》のタイトルの漢字は特殊《とくしゅ》な読み方をするため、「さいかいざくらみそめのきよみず」と読む。

戸《ど》時代としては日本有数の規模《きぼ》だったといえる。

正面入り口の外には、高松藩《たかまつはん》から上演《じょうえん》の許《ゆる》しを得《え》たあかしであった櫓《やぐら》が建《た》てられた。公演時《こうえんじ》には櫓《やぐら》の上で人を呼《よ》ぶ寄《よ》せ太鼓《だいこ》がたたかれ、芝居《しばい》の始まりをつげた。入り口は複数《ふくすう》あり、もともとは、一般庶民《いっぱんしょみん》用、身分の高い人用にわかれていたと考えられている。

中に入ると、まず客席《きゃくせき》だ。一階が枡席《ますせき》、二階には桟敷席《さじきせき》がもうけられている。金丸座《かなまるざ》の客席《きゃくせき》はいす席《せき》ではない。畳《たたみ》に座《すわ》る席《せき》だ。枡席《ますせき》というのは、畳《たたみ》の上に枡形《ますがた》の木を組んで区切られた席《せき》のことだ。最近《さいきん》ではあまり見かけなくなったが、相撲《すもう》を行う国技館《こくぎかん》などにはこの枡席《ますせき》が見られる。

客席《きゃくせき》の先はすぐに舞台《ぶたい》となる。この舞台《ぶたい》と客席《きゃくせき》が近いのも金丸座《かなまるざ》の大きな特徴《とくちょう》だ。

舞台《ぶたい》に向かって左手には花道がある。花道とは、客席《きゃくせき》をつっ切って舞台《ぶたい》に続《つづ》く道で、歌舞伎《かぶき》の舞台独特《ぶたいどくとく》のものだ。役者の登場や退出《たいしゅつ》の場面を印象的《いんしょうてき》に見せるために使われる。花道には、「スッポン」といって役者が飛《と》び出して出てくる穴《あな》や、井戸《いど》や深い穴《あな》をあらわす「空井戸《からいど》」がある。

花道の奥《おく》が舞台《ぶたい》。舞台《ぶたい》の中央は、「まわり舞台《ぶたい》」という特殊《とくしゅ》な構造《こうぞう》になっていて、ぐるっとまわって簡単《かんたん》に場面転換《てんかん》ができるようになっている。

そして、様々な装置《そうち》がおさめられているのが「奈落《ならく》」と呼《よ》ばれる舞台《ぶたい》の地下だ。現代《げんだい》の劇場《げきじょう》だと、スッポンやまわり舞台《ぶたい》などは電気モーターを使って動かすのだが、金丸座《かなまるざ》ではそれらをこの奈落《ならく》で人の力を使って動かしている。

照明《しょうめい》の機材《きざい》が一切なく、明かり窓《まど》※を人が開閉《かいへい》して舞台《ぶたい》の明るさを調整しているのも、金丸座《かなまるざ》の大きな特徴《とくちょう》だ。実は、この現代的《げんだいてき》な照明設備《しょうめいせつび》のないことが、吉右衛門《きちえもん》たちが金丸座《かなまるざ》で歌舞伎《かぶき》をやってみたいと望《のぞ》んだ大きな要素《ようそ》だった。

江戸《えど》時代の歌舞伎《かぶき》は、金丸座《かなまるざ》と同じように自然《しぜん》の光をとり入れて演《えん》じられていた。自然光《しぜんこう》の照明《しょうめい》だと、歌舞伎《かぶき》役者の化粧《けしょう》の白塗《しろぬ》りは、観客《かんきゃく》からは、暗い中にぼうっと浮《う》かんで見えてとてもはえるものなのだ。

金丸座《かなまるざ》の明かり窓《まど》には、いくつもの窓《まど》を一度に開けたり閉《し》めたりして、劇場《げきじょう》を一気に明るくしたり暗くしたりする仕かけがある。吉右衛門《きちえもん》がかいた「再桜遇清水《さいかいざくらみそめのきよみず》」は、この仕《し》かけを最大《さいだい》限《げん》に生かす芝居《しばい》だった。

しかし、実際《じっさい》の第一回公演《こうえん》の時、この照明《しょうめい》のタイミングがずれてしまい、うまくいかなかっ

※明かり窓《まど》　室内に光をとり入れるための窓《まど》。

た。こんぴら歌舞伎《かぶき》では、照明《しょうめい》もまわり舞台《ぶたい》をまわすのもスッポンを動かすのも、全て琴平町《ことひらちょう》の人がボランティアでやっていたからだった。

売れ行きが心配されたチケットは、全国の歌舞伎《かぶき》ファンのおかげで完売《かんばい》、公演《こうえん》日の三日間は満員札止《まんいんふだど》め状態《じょうたい》となった。テレビの取材《しゅざい》も入り、琴平町《ことひらちょう》には大勢《おおぜい》の人がやってきた。こうして、金丸座《かなまるざ》は、大成功《せいこう》のうちに第一回公演《こうえん》を終えることができたのだった。

人間国宝《こくほう》がやってきた

翌年《よくねん》の一九八六(昭和《しょうわ》六十一)年、第二回公演《こうえん》では、金丸座《かなまるざ》での上演復活《じょうえんふっかつ》のきっかけをつくったひとり、五代目中村勘九郎《なかむらかんくろう》が一座《いちざ》の中心となった。この公演《こうえん》も客がおし寄《よ》せ、大成功《せいこう》。そして、金丸座《かなまるざ》の観客《かんきゃく》と一体となるすばらしさにすっかり感激《かんげき》した勘九郎《かんくろう》が、とんでもないことをいい出した。師匠《ししょう》でもある父の十七代目中村勘三郎《なかむらかんざぶろう》を金丸座《かなまるざ》に出してみたいというのだ。

勘三郎《かんざぶろう》は、人間国宝《こくほう》に認定《にんてい》された大名優《めいゆう》だ。そんな名優《めいゆう》が、東京《とうきょう》の歌舞伎座《かぶきざ》や京都《きょうと》の南座《みなみざ》の

ような有名な劇場《げきじょう》ではなく、地方の劇場《げきじょう》に出演《しゅつえん》するなど、当時は考えられなかった。

初《はじ》め勘三郎《かんざぶろう》は、

「いやだね。そんな江戸《えど》時代にできたようなきたねえ小屋なんかきらいだよ。」

とはねつけた。しかし、勘九郎《かんくろう》は熱心《ねっしん》にたのみこんだ。勘九郎《かんくろう》といっしょに第二回こんぴら歌舞伎《かぶき》にたずさわったスタッフたちも熱心《ねっしん》にすすめたので、ついには勘三郎《かんざぶろう》も、

「しようがねえなあ。」

としぶしぶオーケーした。こうして第三回こんぴら歌舞伎《かぶき》に、人間国宝中村勘三郎《こくほうなかむらかんざぶろう》が出演《しゅつえん》することが決まったのだった。

大スターがやってくるということで、チケットはもちろんすぐ完売《かんばい》となった。そして、公演《こうえん》当日、幕《まく》が開くと、金丸座《かなまるざ》の満員《まんいん》の客席《きゃくせき》から、

「中村屋《なかむらや》!」

「待ってました!」

「日本一!」

と、勘三郎《かんざぶろう》を歓迎《かんげい》する嵐《あらし》のようなかけ声が起こった。勘三郎《かんざぶろう》は、感激《かんげき》のあまり舞台《ぶたい》にすわりこんでしまったほどだった。こうして、第三回公演《こうえん》も大成功《せいこう》となったのだった。

この公演《こうえん》に参加《さんか》しなかった勘九郎《かんくろう》は、金丸座《かなまるざ》から帰ってくる父の勘三郎《かんざぶろう》がどんな様子か心配しながらむかえに出たが、勘三郎《かんざぶろう》は勘九郎《かんくろう》の顔を見るなり、

「おい、来年はお前と出るぞ。そうだ、『俊寛《しゅんかん》』をやろう！」

と上機嫌《きげん》でさけんだ。金丸座《かなまるざ》は、ベテランの大歌舞伎《かぶき》役者が次の舞台《ぶたい》を待ちきれなくなるくらい、役者の心を興奮《こうふん》させたのだった。

しかし、勘三郎《かんざぶろう》は翌年《よくねん》の第四回こんぴら歌舞伎《かぶき》の前に体調をくずしてしまった。病気と戦《たたか》いながら、勘三郎《かんざぶろう》は舞台《ぶたい》をあきらめていなかった。

「ねえ、こんぴらの話だけど、『俊寛《しゅんかん》』はきついから、『松浦《まつうら》の太鼓《たいこ》』にしてくれないかい。」

とスタッフにたのんで、なんとか出演《しゅつえん》しようとしたが体調は回復《かいふく》しなかった。そして、第四回こんぴら歌舞伎《かぶき》の幕《まく》が開いた翌日《よくじつ》、名優《めいゆう》十七代目中村勘三郎《なかむらかんざぶろう》は帰らぬ人となってしまったのだ。

勘三郎《かんざぶろう》が演《えん》じようとした金丸座《かなまるざ》での「松浦《まつうら》の太鼓《たいこ》」は、後に息子の勘九郎《かんくろう》によって上演《じょうえん》される。

一九九一（平成三《へいせい》）年四月、勘九郎《かんくろう》は、第七回こんぴら歌舞伎《かぶき》に参加《さんか》するために、御座船《ござぶね》という特別《とくべつ》の船をしたてて、瀬戸内海《せとないかい》を渡《わた》っていた。これは、江戸《えど》時代の一流役者が金毘羅大芝《こんぴらおおしば》居《い》に出演《しゅつえん》する時に、船にのぼりを立てて海を渡《わた》ったことにならったものだ。海を渡《わた》っていく勘《かん》九郎《くろう》には、また、別《べつ》な思いもあった。

（この海は、赤穂《あこう》の海とつながっている。）

金丸座《かなまるざ》で上演《じょうえん》する「松浦《まつうら》の太鼓《たいこ》」は、※赤穂義士《あこうぎし》が大好《す》きな殿《との》様の話だ。兵庫《ひょうご》県赤穂《あこう》の海とつながる瀬戸内海《せとないかい》を船で渡《わた》り、江戸《えど》時代のままの姿《すがた》の金丸座《かなまるざ》で「松浦《まつうら》の太鼓《たいこ》」を演《えん》じる。この喜《よろこ》びを、勘九郎《かんくろう》は、父・勘三郎《かんざぶろう》に味わってほしかったと思っていたのだ。

一行を乗せた船は、やがて香川《かがわ》県についた。そして、恒例《こうれい》のはなやかなお練り。勘九郎《かんくろう》らは金刀比羅宮《ことひらぐう》にお参《まい》りし、金丸座《かなまるざ》に向かった。沿道《えんどう》にはいつものように観客《かんきゃく》の声があふれている。

「中村屋《なかむらや》！」

「勘九郎《かんくろう》さん。」

「松嶋屋《まつしまや》さーん。」

※赤穂義士《あこうぎし》　主君のために仇討《あだう》ちをした赤穂藩士《あこうはんし》のこと。

役者たちは客に手をふりながら、人力車で金丸座《かなまるざ》に進んでゆく。そして、金丸座《かなまるざ》に到着《とうちゃく》すると、役者たちが客に挨拶《あいさつ》をするため、次々とマイクを持った。

初代片岡孝夫《しょだいかたおかたかお》（後の十五代目片岡仁左衛門《かたおかにざえもん》）が話し出した。

「中村屋《なかむらや》のおじさん（勘三郎《かんざぶろう》）には、本当にかわいがってもらいました。特《とく》に『松浦《まつうら》の太鼓《たいこ》』は手とり足とり教えていただきました。この芝居《しばい》をおじさんと金丸座《かなまるざ》でやりたかった……。」

それを聞いた勘九郎《かんくろう》は、こらえていた涙《なみだ》がおさえきれなくなってしまった。

新しい発信《はっしん》

こうして復活《ふっかつ》した金丸座《かなまるざ》で、新しい挑戦《ちょうせん》が始まった。ある日、こんぴら歌舞伎《かぶき》を支《ささ》える人々の中心となっている、琴平町《ことひらちょう》商工会青年部会長がいった。

「木戸芸者《きどげいしゃ》をやるぞ！」

それを聞いた青年部のメンバーには、「木戸芸者《きどげいしゃ》」が何かがわからない。

「木戸芸者《きどげいしゃ》っていうのは、劇場《げきじょう》の入り口でいろいろ口上《こうじょう》をいう芸人《げいにん》だよ。江戸《えど》時代にあったものらしいんだ。」

そう説明《せつめい》を聞いたメンバーは、すぐに乗り気になった。

「いいね。やろう！」

「そうだ。歌舞伎座《かぶきざ》でもやってないぞ。金丸座《かなまるざ》から江戸歌舞伎《えどかぶき》を発信《はっしん》するんだ。」

こうして、こんぴら歌舞伎《かぶき》のボランティアの新しいとり組みとして、木戸芸者《きどげいしゃ》をやることが決まったが、それからが大変《たいへん》だった。

木戸芸者《きどげいしゃ》は現在《げんざい》ではすたれてしまった職業《しょくぎょう》で、手本になるものがない。メンバーは、木戸芸《きどげい》者《しゃ》が登場する映画《えいが》のシーンをくり返し見たり、古い文献《ぶんけん》を調べたり、江戸《えど》時代の挿絵《さしえ》をもとに想像《そうぞう》を広げたりしながら、手探《てさぐ》りで自分たちなりの木戸芸者《きどげいしゃ》をつくり上げていった。そうしてできたのが、こんぴら歌舞伎独特《かぶきどくとく》の木戸芸者《きどげいしゃ》だ。

公演《こうえん》の日、人でにぎわう金丸座《かなまるざ》の入り口に、口上《こうじょう》役が羽織《はおり》をつけた着物姿《きものすがた》で前に立つ。後ろには手ぬぐいをかぶり、そろいのはっぴを着たあおり役・若《わか》い衆《しゅう》が三人並《なら》ぶ。口上《こうじょう》役が声をは

※**口上**《こうじょう**》**　口頭で伝《つた》える意から、歌舞伎《かぶき》などの芸能《げいのう》で役者のしょうかいなどをのべることをいう。
※**あおり**　客をまねき寄《よ》せること。

り上げる。

「※とざい東西、これより皆様《みな》に口上を申し上げますは、四国は讃岐《さぬき》の金比羅《こんぴら》さんの門前町《もんぜんまち》にて商《あきな》いをしております、われらこんぴらあきんど若人衆《わこうどしゅう》によります、木戸芸者《きどげいしゃ》にござります。」

後ろのあおり役の若《わか》い衆《しゅう》が合いの手を入れる。

「木戸芸者《きどげいしゃ》にございます。」

口上役《こうじょう》が続《つづ》ける。

「さて、こちらにそびえまする旧金毘羅大芝居《きゅうこんぴらおおしばい》、通称金丸座《つうしょうかなまるざ》は天保《てんぽう》六年、一八三五年南蛮《なんばん》ではと申しまするが、今から一七〇年もの前の江戸《えど》時代に建《た》てられ、現在《げんざい》日本最古《さいこ》の本格的芝居《ほんかくてきしばい》小屋にござりまする……。」

難《むずか》しいいいまわしに、見ている人から「がんばれ！」と声が飛《と》ぶ。

「そして皆様《みな》、頭を上げてごらんいただきますれば、この看板《かんばん》、招《まね》き看板《かんばん》と申しまする。とざい東西。」

「とざい東西。」

※とざい東西　興行《こうぎょう》などで、四方の客にむかって語りかける時にいう言葉。

「上手《かみて》にございまするは、このたび、座頭《ざがしら》を相《あい》つとめまする高麗屋《こうらいや》、九代目松本幸四郎丈《まつもとこうしろうじょう》。」

「待ってました、松本幸四郎丈《まつもとこうしろうじょう》。」

「左手には高砂屋中村梅玉丈《たかさごやなかむらばいぎょくじょう》。」

「やんや、やんや、高砂屋《たかさごや》。」

木戸芸者《きどげいしゃ》を演《えん》じている商工会青年部のメンバーも、見ている客も、皆《みな》楽しんでいる。見物していた中学生が、青年部のメンバーにたずねた。

「おじさんたちも、歌舞伎《かぶき》役者さんですか？」

「役者さんじゃないよ、町のボランティアなんだ。」

「じゃあ、それ、私《わたし》たちにもできる？」

「練習すれば、できるよ。」

「やってみたい！」

名乗り出たのは、あの里《さと》ちゃんと優《ゆう》ちゃんだ。ふたりは青年部のスタッフから、口上《こうじょう》を習いはじめた。江戸《えど》時代にもない、東京《とうきょう》にもない、京都《きょうと》や大阪《おおさか》にもない、琴平《ことひら》の子ども木戸芸者《きどげいしゃ》の

※丈《じょう》　歌舞伎《かぶき》役者を呼《よ》ぶ時につける敬称《けいしょう》。

誕生《たんじょう》だ。里《さと》ちゃんは、おばあちゃんが大切にしていた金丸座《かなまるざ》の一部になって、一生懸命《いっしょうけんめい》声をはり上げていた。その様子を、皆《みな》が笑顔《えがお》で見守っている。

とりこわし寸前《すんぜん》だった江戸《えど》時代の劇場《げきじょう》が、文化財《ぶんかざい》としてよみがえり、歌舞伎《かぶき》を演《えん》じる生きた劇場《げきじょう》として生まれ変《か》わった。そして、大勢《おおぜい》の役者と町の人々によって、その町にしかない、独《どく》自《じ》の文化を生み出していく。

金丸座《かなまるざ》は、今も生きた劇場《げきじょう》だ。そして、これからも生きていくのだ。

おもしろ雑学《ざつがく》2

今も生き続《つづ》けている町の劇場《げきじょう》

現役《げんえき》で活躍《かつやく》している歴史《れきし》ある劇場《げきじょう》だよ！

康楽館《こうらくかん》（秋田《あきた》県）

康楽館《こうらくかん》は一九一〇（明治《めいじ》四十三）年に建《た》てられた木造《もくぞう》一部二階建《だ》ての芝居《しばい》小屋で、伝統的《でんとうてき》な形式を受けつぎながらも、洋風のデザインもとり入れている。

内部は、玄関《げんかん》ホール、客席《きゃくせき》部、舞台《ぶたい》、楽屋からなり、舞台《ぶたい》中央には、まわり舞台《ぶたい》がある。まわり舞《ぶ》台《たい》とは舞台《ぶたい》中央の床《ゆか》を丸く切りとり、その部分を回転させる舞台装《ぶたいそう》置《ち》で、百年以上《いじょう》たった今でもほぼ毎日使われているという。

建物《たてもの》の老朽《ろうきゅう》化やテレビの普及《ふきゅう》などにより一九七〇（昭和《しょうわ》四十五）年ごろからほとんど使用されなくなったが、町内外の多くの人々の修復《しゅうふく》・保存《ほぞん》を求《もと》める声により、一九八六（昭和《しょうわ》六十一）年に町営《ちょうえい》としてよみがえり、今では歌舞伎《かぶき》を楽しみに多くの観光客《かんこうきゃく》が訪《おとず》れる芝居《しばい》小屋となっている。

歴史的価値《れきしてきかち》の高い建造物《けんぞうぶつ》として、二〇〇二（平成《へいせい》十四）年に国の重要文化財《じゅうようぶんかざい》に指定された。

康楽館《こうらくかん》。

第三話

琵琶湖疏水《びわこそすい》

（滋賀県《しがけん》・京都府《きょうとふ》）

百年先の京都《きょうと》のために

1886（明治《めいじ》19）年ころの琵琶湖疏水《びわこそすい》第一疏水大津運河《そすいおおつうんが》工事の様子

（田邊《たなべ》家資料《しりょう》）

赤レンガの水道橋

修学《しゅうがく》旅行で京都《きょうと》の南禅寺《なんぜんじ》というお寺を訪《おとず》れた時、ぼくは不思議《ふしぎ》なものを目にした。南禅寺《なんぜんじ》は鎌倉《かまくら》時代につくられた有名なお寺だ。大きな門をくぐって中に入ると、そこは静《しず》かな修行《しゅぎょう》の空間で、はりつめた空気がただよっていた。

ところが、そんなお寺に意外なものがあった。

赤いレンガ造《づく》りのアーチだ。

(これはなんだろう?)

不思議《ふしぎ》に思って、帰ってから地図や図書館で少し調べてみると、それが「琵琶湖疏水《びわこそすい》」の水路だということがわかった。琵琶湖疏水《びわこそすい》とは、琵琶湖《びわこ》から京都《きょうと》に水を引くために、明治《めいじ》時代に外国人の手を借《か》りずに、初《はじ》めて日本人の手だけでつくられた運河《うんが》とその周辺《しゅうへん》の建物《たてもの》のことだという。

（いつか、この琵琶湖疏水《びわこそすい》がどんなものなのかくわしく知りたい。）

ずっとそう思っていたぼくは、大学生になってアルバイトでお金をため、再び京都《きょうと》を訪《おとず》れた。

そして、「琵琶湖疏水観光案内《びわこそすいかんこうあんない》」というツアーに参加《さんか》してみることにした。

ツアーの案内《あんない》人は、岡《おか》さんという、京都《きょうと》市役所を定年退職《たいしょく》したボランティアの男性《だんせい》だった。

にこやかな岡《おか》さんに案内《あんない》されて、ぼくたちはまず、インクラインという設備《せつび》を見学した。電車の線路のようなものが引かれている場所だ。

「インクラインは琵琶湖疏水《びわこそすい》で行われた船による運送の重要設備《じゅうようせつび》です。船は高低差《こうていさ》のある地形は通ることができません。そこで考え出されたのが、インクラインです。船を貨車《かしゃ》を使って運びました。現在《げんざい》、疏水《そすい》では船は使われなくなったので使用されていませんが、ここ蹴上《けあげ》のインクラインは保存《ほぞん》されています。」

次に案内《あんない》されたのは、蹴上《けあげ》の水力発電所だ。レンガ造《づく》りの雰囲気《ふんいき》の良《よ》い建物《たてもの》があり、発電所には見えない。

「ここは、日本で初《はじ》めてつくられた事業用の水力発電所です。インクラインを動かす電力は、ここでつくられていました。京都《きょうと》市内の鉄道や工場、民家《みんか》にも電気を送っていました。」

そして、発電所のある蹴上《けあげ》から南禅寺《なんぜんじ》に向かう。

すると琵琶湖疏水《びわこそすい》を知るきっかけになった、レンガ造《づく》りのアーチがあらわれる。

「このあたりは谷になっていて土地が低《ひく》いので、水は高いところを通さなければなりませんでした。これは、そのための水路です。京都《きょうと》の景色《けしき》には合わないと、最初《さいしょ》は反対する人もたくさんいたそうですが、今は人気の観光《かんこう》名所です。」

ぼくたちはこの気持ちの良《よ》い場所で、一休みすることになった。

ぼくは、お茶を飲んで休憩《きゅうけい》している岡《おか》さんに、話しかけてみた。

「何年も前から、琵琶湖疏水《びわこそすい》に興味《きょうみ》を持っていたので、今日はいろいろお話が聞けてうれしいです。そもそも、この疏水《そすい》はいつできたんですか?」

岡《おか》さんは、急な質問《しつもん》にもとまどわず、

「工事が始まったのが一八八五(明治《めいじ》十八)年、第一期の工事が終わったのが一八九〇(明治《めいじ》二十三)年です。」

と教えてくれた。

「明治《めいじ》時代の中ごろですね。ずいぶんはやい時期に、琵琶湖《びわこ》から京都《きょうと》までの運河《うんが》をつくるという大工事が行われたんですね。」

岡《おか》さんは、大きくうなずいた。

「ええ。琵琶湖疏水《びわこそすい》は、明治《めいじ》時代になって大きな変化《へんか》にさらされた京都《きょうと》の将来《しょうらい》をかけた、大プロジェクトだったんです。疏水《そすい》の完成《かんせい》までには、たくさんのドラマがあったんですよ。」

岡《おか》さんの歴史案内《れきしあんない》を聞きながら次に向かったのは哲学《てつがく》の道だ。

「この道は、琵琶湖疏水《びわこそすい》分線沿《ぞ》いの通路です。日本画家橋本関雪《はしもとかんせつ》によって桜《さくら》の植樹《しょくじゅ》がなされたことをはじめとして、哲学者《てつがくしゃ》たちが好《この》んで散策《さんさく》するようになり、いつしか『哲学《てつがく》の道』と呼《よ》ばれ、このようにおもむきのある遊歩道として整備《せいび》されました。」

哲学者《てつがくしゃ》が散策《さんさく》したと聞《き》いて、修学《しゅうがく》旅行でも歩いた哲学《てつがく》の道を、文化人に思いをはせながら歩くことにした。

京都《きょうと》復活《ふっかつ》プロジェクト

明治《めいじ》時代の初《はじ》め、京都《きょうと》の町は、幕末《ばくまつ》に起きた江戸《えど》幕府《ばくふ》軍《ぐん》と幕府《ばくふ》を倒《たお》そうとする勢力《せいりょく》との激《はげ》しい戦《たたか》いによって荒《あ》れはてていた。その上、平安《へいあん》時代以降《いこう》京都《きょうと》に住み続《つづ》けていた天皇《てんのう》が、京都《きょうと》から東京《とうきょう》にうつってしまった。京都《きょうと》の人々は日本の都としての地位《ちい》を事実上失《うしな》って元気をなくしていた。

そんな時、京都府《きょうとふ》知事となったのが、北垣国道《きたがきくにみち》だった。彼《かれ》は、京都《きょうと》を復活《ふっかつ》させるプロジェクトを探《さが》していた。

「このままでは、京都《きょうと》はただの地方都市となって、うもれてしまうぞ。」

北垣《きたがき》は必死《ひっし》で考え、ある結論《けつろん》にたどり着いた。

「琵琶湖《びわこ》の水を京都《きょうと》に引こう。」

実は、琵琶湖《びわこ》から京都《きょうと》に水を引くという計画は、江戸《えど》時代よりも前、※豊臣秀吉《とよとみひでよし》の時代から、

※豊臣秀吉《とよとみひでよし》　安土桃山《あづちももやま》時代の武将《ぶしょう》。

何度も立ち上げられていたという話がある。しかし、工事が難《むずか》しいために、実現《じつげん》が見送られてきたのだ。当然《とうぜん》部下からは、反対の声が上がった。

「知事、無茶《むちゃ》です。江戸《えど》時代の大土木事業家、角倉了以《すみのくらりょうい》ですら実現《じつげん》できなかった計画ですよ。今の京都《きょうと》の力ではとても無理《むり》です。」

「そうですよ。第一お金がありません。」

「計画を進める技師《ぎし》だっていません。」

北垣《きたがき》はきっぱりといった。

「だが、京都《きょうと》をもう一度発展《はってん》させるためには、水を引くしかないんだ。」

しかし、京都《きょうと》の町には、産業《さんぎょう》に利用《りよう》できる大きな川や水路がほとんどなかった。当時は大型《おおがた》自動車がないので、物を運ぶのは、川などの水運が中心だった。

東京《とうきょう》には、江戸川《えどがわ》や隅田川《すみだがわ》や荒川《あらかわ》などの大河《たいが》が流れ、それぞれの川が水路で結《むす》ばれていた。また大阪《おおさか》は、町中橋だらけといわれるほど川が多く、水路が整備《せいび》されていた。

それに対して、京都《きょうと》は町はずれに鴨川《かもがわ》が流れているだけだった。鴨川《かもがわ》はもともと水量《すいりょう》が少なく、さらに農業にも使われていたので、船を通せるほどの深さがなく、水運には適《てき》さなかった。このことが、京都《きょうと》の産業《さんぎょう》の発達《はったつ》をさまたげていた。

西陣織《にしじんおり》など京都《きょうと》の伝統産業《でんとうさんぎょう》でも、外国から輸入《ゆにゅう》した新しい水車などの動力を使って、織《お》り機《き》を動かそうといった動きが起きていた。しかし、水量《すいりょう》が安定しない鴨川《かもがわ》では、それも難《むずか》しい。「物流」と「動力」。京都《きょうと》のかかえる問題を一気に解決《かいけつ》する手段《しゅだん》が、琵琶湖《びわこ》から水を引くことだったのだ。

しかし、京都《きょうと》と滋賀《しが》の琵琶湖《びわこ》のあいだには山々が立ちはだかり、水路の行く手をはばんでいる。北垣《きたがき》は、それでも琵琶湖《びわこ》から京都《きょうと》に水路を引こうとしていた。

北垣《きたがき》の決意

北垣《きたがき》はまず、琵琶湖疏水実現《びわこそすいじつげん》のため、部下に予備調査《よびちょうさ》として測量《そくりょう》を命じた。そしてその予備《よび》調査《ちょうさ》で得《え》た結果《けっか》をたずさえ、空前の大事業である疏水《そすい》計画を政府《せいふ》へ持ちかけた。

疏水《そすい》計画を見た政府要人《せいふようじん》は、

「この大事業を成功《せいこう》させるのは不可能《ふかのう》だ。だが、京都《きょうと》の将来《しょうらい》を維持《いじ》するには疏水《そすい》の他にはない。」

と工事計画は別《べつ》として、疏水《そすい》による京都発展《きょうとはってん》の策《さく》には賛同《さんどう》した。

政府要人《せいふようじん》らの賛同《さんどう》により、京都《きょうと》への国のバックアップが約束《やくそく》された。

次に北垣《きたがき》は、琵琶湖疏水《びわこそすい》計画の参考《さんこう》にするため、福島《ふくしま》県で工事中だった安積疏水《あさかそすい》を視察《しさつ》し、工事方法《ほうほう》などくわしい情報《じょうほう》をつかんだ。この視察《しさつ》は北垣《きたがき》にとって琵琶湖疏水実現《びわこそすいじつげん》の大きな自信《じしん》となる。

こうして計画が進みはじめたころ、田邉朔郎《たなべさくろう》という工部《こうぶ》大学校（現在《げんざい》の東京《とうきょう》大学工学部）で土木を学ぶ学生が学長の大鳥圭介《おおとりけいすけ》の目にとまる。卒業論文《そつぎょうろんぶん》のため行った京都《きょうと》の調査《ちょうさ》で、田邉《たなべ》が右手にけがをし、利《き》き手ではない左手で論文《ろんぶん》をかき上げたことを知ったためだ。その熱心《ねっしん》な姿《すがた》や田邉《たなべ》がかき上げたすばらしい琵琶湖疏水《びわこそすい》工事計画に感心したのだ。

北垣《きたがき》から優秀《ゆうしゅう》な技師《ぎし》はいないかと打診《だしん》を受けていた大鳥《おおとり》は、

「これはすごい。二十歳《はたち》そこそこの学生の論文《ろんぶん》とは思えない。そうだ、北垣《きたがき》知事が優秀《ゆうしゅう》な技師《ぎし》を探《さが》していたな……。よし、この男を推薦《すいせん》しよう。」

と決めたのだ。

こうして、田邉《たなべ》は北垣《きたがき》に面会することになる。

この論文《ろんぶん》をかいた田邉《たなべ》は、一八六一（文久元《ぶんきゅう》）年、幕末《ばくまつ》の江戸《えど》で生まれた。幕府《ばくふ》の役人の子どもだったが、生後十か月の時、父親が病気で亡《な》くなった。長男の朔郎《さくろう》が家をつぐことになったが、七歳《さい》の時には幕府《ばくふ》がなくなってしまった。収入《しゅうにゅう》をなくした一家は、叔父《おじ》をたよって生活し、田邉《たなべ》は苦労《くろう》の後、工部《こうぶ》大学校に進学したのだ。

在学中《ざいがく》、熱心《ねっしん》に勉強した田邉《たなべ》は、卒業《そつぎょう》をひかえて卒業論文《そつぎょうろんぶん》に何をかこうか考えていた。

（工部《こうぶ》大学校を卒業《そつぎょう》したら、日本の歴史《れきし》に名を残《のこ》すような大土木工事をやってみたい。その役に立つような論文《ろんぶん》をかこう。）

田邉《たなべ》の心は熱《あつ》く燃《も》え上がっていた。田邉《たなべ》は論文《ろんぶん》の題材《だいざい》を探《さが》すため、京都《きょうと》へと向かった。

そんな時、田邉《たなべ》は興味深《きょうみぶか》い話を聞いた。それは、京都府《きょうとふ》知事の北垣《きたがき》が、京都《きょうと》に水を引く大工事を計画しているらしいといううわさだった。

工事のうわさが気になって、いてもたってもいられなくなった田邉《たなべ》は、京都《きょうと》を歩きまわり、ある結論《けつろん》に達《たっ》した。

（やはり、北垣《きたがき》知事は、京都《きょうと》に琵琶湖《びわこ》の水を引きこもうとしている。そしてそれは角倉了以《すみのくらりょうい》以来《いらい》、だれもが考えては、計画すら完成《かんせい》させられずに失敗《しっぱい》したものだ。それなら、おれがやってみせるぞ。大学校で覚《おぼ》えた新しい技術《ぎじゅつ》で！）

田邉《たなべ》は、そのまま京都《きょうと》にとどまり、琵琶湖《びわこ》の周辺《しゅうへん》や京都《きょうと》の市街地《しがいち》を夢中《むちゅう》で測量《そくりょう》してまわった。

そして、東京《とうきょう》にまい戻《もど》り一心不乱《いっしんふらん》に論文《ろんぶん》をかき上げると、

（よし、この計画なら、疏水《そすい》を実現《じつげん》できるはずだ！）

と確信《かくしん》する。そこへ、大鳥《おおとり》学長から北垣《きたがき》に会うようにいわれたのだ。

突然《とつぜん》の話におどろきながらも、田邉《たなべ》は論文《ろんぶん》を持って北垣《きたがき》との面会を決意する。

「田邉朔郎《たなべさくろう》と申します。」

「わしが北垣《きたがき》だ。君はなぜ琵琶湖疏水《びわこそすい》の論文《ろんぶん》をかこうと思ったのかね。」

田邉《たなべ》は、北垣《きたがき》が琵琶湖疏水建設《びわこそすいけんせつ》工事を計画しているといううわさを聞いたことを話した。

「そうか……だが、疏水《そすい》の建設《けんせつ》は技術的《ぎじゅってき》にかなり難《むずか》しいという意見もあるがどうだね。」

田邉《たなべ》はそれを聞くと、手にした包《つつ》みを開きながらいい返した。

「できます。この計画のとおりにやれば。」

そして「琵琶湖疏水《びわこそすい》工事の計画」とかかれた論文《ろんぶん》を差《さ》し出したのだ。

「随分《ずいぶん》と自信《じしん》があるようだが？」

北垣《きたがき》がからかうようにいうと、田邉《たなべ》は、

「あります。ぼくは、人の役に立ちたい。そのための努力《どりょく》は北垣《きたがき》知事にも負けていないはずだ。」

といい返した。

北垣《きたがき》は論文《ろんぶん》に目を通したあと目を閉《と》じて腕《うで》を組んだ。しばらくそうしていた北垣《きたがき》は、思いきったように目を開けると、田邉《たなべ》の肩《かた》を強くにぎってこういった。

「わしは今回の計画を必《かなら》ず実現《じつげん》させたい。そのために優秀《ゆうしゅう》な人材《じんざい》を全国から集めている。だが優秀《ゆうしゅう》なだけではだめだ。強い信念《しんねん》がなければ。君にはその信念《しんねん》とあふれる自信《じしん》を感じる。田邉《たなべ》君、疏水《そすい》の工事主任《しゅにん》を君にまかせよう！」

まだ学生だった田邉《たなべ》に琵琶湖疏水《びわこそすい》工事の大任《たいにん》が務《つと》まるのかという思いが北垣《きたがき》にはあった。しかし、経験《けいけん》といっても、こんな大工事を経験《けいけん》している人間など、この日本中を見渡《みわた》してもひとりもいないのだ。

さすがの田邉《たなべ》もあわてて一歩後ろに下がる。

「私《わたし》はやっと二十《はたち》歳をすぎたばかりの若輩者《じゃくはいもの》です。どなたかえらい方が主任《しゅにん》になって、その技師《ぎし》としてなら、お手伝《てつだ》いできるかもしれませんが……。」

しかし、北垣《きたがき》は引こうとしない。

「いや、君ならできる。わしは、多くの技師《ぎし》のもとを訪《たず》ね歩いた。しかし、君のように、はっきり琵琶湖疏水《びわこそすい》を実現《じつげん》できるといった者はいなかった。疏水《そすい》をつくれる者は、できると信《しん》じている君以外《いがい》にはいない。それが、工事の成功《せいこう》につながる。工事主任《しゅにん》を引き受けてくれないか。」

「……わかりました。お引き受けいたします。」

こうして、若《わか》き工事主任《しゅにん》が、誕生《たんじょう》したのだった。

おどろいたのは北垣《きたがき》の部下だ。

「えっ、工事主任《しゅにん》が二十歳《はたち》ですって⁉」

「そうだ。わしは、あの青年にかけてみようと思う。」

「京都《きょうと》のこの先百年の発展《はってん》のため、わしはどんなことをしてでも、計画を成功《せいこう》させてみせる。」

北垣《きたがき》の迫力《はくりょく》ある表情《ひょうじょう》に、部下はふと恐《おそ》ろしさを感じた。北垣《きたがき》がこの計画に命をかけていることをさとり、部下はそれ以上反論《いじょうはんろん》するのをやめた。

人のうわさ

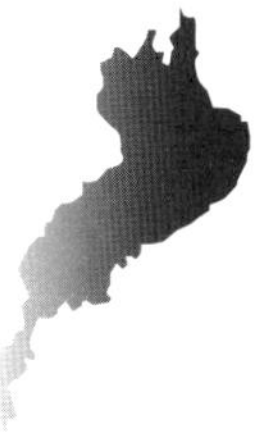

その後、田邉《たなべ》らは計画を着々と進める中、国のやとった優《すぐ》れた技術《ぎじゅつ》を持つオランダ人技師《ぎし》による疏水《そすい》計画調査《ちょうさ》が行われた。当時、外国人技師《ぎし》の意見は、計画に大きな影響《えいきょう》をおよぼすほど絶対的《ぜったいてき》なもので、調査《ちょうさ》の結果《けっか》、
「残念《ざんねん》ながら、この計画は、完全無欠《かんぜんむけつ》とはいいがたい。」
といわれてしまった。計画には予定していたよりも多額《たがく》の工事費用《ひよう》がかかることがわかったのである。京都《きょうと》の人の負担《ふたん》を少なくしようと経費《けいひ》を削減《さくげん》しすぎたため、安全性《あんぜんせい》などに問題があったのだ。やむなく、国や京都府《きょうとふ》は予算の見直しや税金《ぜいきん》からの徴収《ちょうしゅう》などで多額《たがく》の資金《しきん》ぐりに奔走《ほんそう》することとなる。

そんな時、京都《きょうと》中で、京都《きょうと》に水を引くためのお金が用意されたことがうわさになった。

「おい、聞いたか、琵琶湖《びわこ》から水を引くための金のこと。」

「ああ、聞いた。どこからきた金やら、ようわからんらしいな。」

「知事の北垣《きたがき》が、国の政治家《せいじか》や、軍《ぐん》の関係者《かんけいしゃ》から、こっそり手配したとかなんとか。」

「どこからもろうたか知らんけど、金は金や。ありがたいことやないか。」

「何がありがたいんや。うちらもまた税金《ぜいきん》をとられるんやって、もっぱらのうわさやないの。」

「いや、ほんま？　税金《ぜいきん》、またとられるん？　せっかく金をもろうたのに、なんでや。」

「もろた金では足りひんから、特別税《とくべつぜい》がかけられるんやて。」

「うへ。」

「だから知事は、北《きた》『垣《がき》』やのうて、北《きた》『餓鬼《がき》』（うえた亡者《もうじゃ》）や、ってみんないうとるぞ。」

「北餓鬼《きたがき》。そりゃけっさくや。ははは。」

「わろうとる場合か。」

琵琶湖疏水《びわこそすい》工事費用《ひよう》についての様々なうわさは、琵琶湖疏水《びわこそすい》計画に暗いかげを落としていた。

大胆《だいたん》な工事計画

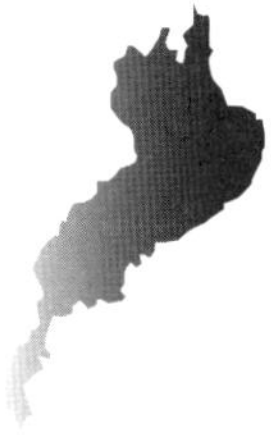

一八八五（明治《めいじ》十八）年、琵琶湖疏水《びわこそすい》の工事が開始された。まず第一の工事区間に選《えら》ばれたのは、現在《げんざい》の滋賀《しが》県の大津《おおつ》から藤尾《ふじお》にいたる第一トンネルだった。

「山をほりぬくて、そら無茶《むちゃ》やわ。」

「何人、人が死ぬと思うてますのや。」

田邉《たなべ》への批判《ひはん》がわき起こった。当時の日本には、山をつらぬくトンネルをほるため、「狸《たぬき》ぼり」と呼《よ》ばれる、狸《たぬき》が巣《す》をつくるために土をほるような昔ながらの技術《ぎじゅつ》しかなく、これはとても危《き》険《けん》な方法《ほうほう》だったのだ。

さらに田邉《たなべ》は、思いもよらないことをいい出した。

「まず、トンネルの中央部に※竪坑《たてこう》をほることから始めます。」

これにも不満《ふまん》が続出《ぞくしゅつ》した。

「あほなことといいますな。トンネルは水を通すためのもので、横穴《よこあな》や。竪穴《たてあな》なんてほってどうしますのや。」

「主任《しゅにん》はん、若《わか》いから物知らんいうても、限度《げんど》がありまっせ。」

若《わか》い田邉《たなべ》の言葉はなかなか信用《しんよう》されなかった。しかし、田邉《たなべ》はかまわず言葉を続《つづ》けた。

「今まで工事ができなかったのは、トンネルが長すぎたためです。だから、中央に竪坑《たてこう》をほって、トンネルの中央部分からトンネルを二つにわけてほります。そうすれば、その二つのトンネルの入口側《がわ》と出口側《がわ》の四方向からトンネルをほることができます。それに、竪坑《たてこう》があれば地下水を集めてポンプで一気に外へくみ上げることができます。じゅうぶん排水《はいすい》ができれば、安心してトンネルをほることができるはずです。」

作業者たちはあきれたように顔を見合わせた。

※竪坑《たてこう》　地面から垂直《すいちょく》にほった坑道《こうどう》（地中の通路）。

「それだけじゃありません。以前《いぜん》の狸《たぬき》ぼりでは、天井《てんじょう》がくずれるなど、事故《じこ》が多かった。だから、安全なほり進め方、天井《てんじょう》を支《ささ》える柱の建《た》て方を一つ一つ教える夜間学問所を設置《せっち》することにします。皆《みな》さんにはここで夜は学び、昼は工事をしてもらいます。」

力強くいった田邉《たなべ》に、作業者たちからはさらに、不満《ふまん》がふき出した。

「夜勉強して、昼に工事なんてひどいやないか。」

「学べゆうても、わしら、読みかきの自信《じしん》、ないですもん。」

「辛抱《しんぼう》してください。この工事が、いつか日本の土木工事の目標《もくひょう》となる日がきます。日本はまだこれから成長《せいちょう》していく若《わか》い国です。こんなに長いトンネルをほるのも、若《わか》い技術《ぎじゅつ》だ。この工事に成功《せいこう》すれば、皆《みな》さんは、きっと日本中から引っぱりだこのトンネル技師《ぎし》になれます。どうかがんばってほしい。」

作業者たちの不満《ふまん》をなんとかおさえた田邉《たなべ》は、自らも夜間学問所の教壇《きょうだん》に立ち、安全な工事のための知識《ちしき》を教えながら、工事を続《つづ》けていったのだった。

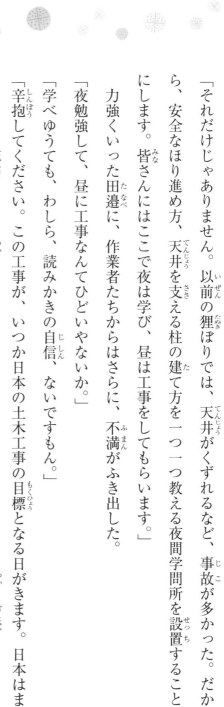

工事をはばむ水との戦《たたか》い

トンネル工事の一番の難所《なんしょ》は、やはり竪坑《たてこう》だった。後にはダイナマイトも使われたが、当初《とうしょ》は、手ぼりで進められていった。

「かたい岩でどうしてもほれません。」

「ダイナマイトを使うしかないやろ。」

「でも、わき水が多くて、ダイナマイトがぬれてしまって使えません。」

「ポンプは何してんのや！」

必死《ひっし》に働《はたら》く作業者たちのさけびが、作業場にひびき渡《わた》る。工事を難《むずか》しくしていたのは、地下水の量《りょう》が多すぎることと、ほる場所にかたい岩盤《がんばん》があることだった。地下水は初《はじ》めは人力でくみ出していたが、それではとてもまに合わなかったので、二台の蒸気《じょうき》ポンプが導入《どうにゅう》されて水をくみ上げるようになった。すると、くみ上げる水は、毎時約八万三千リットルもの量《りょう》に達《たっ》したのだ。

蒸気《じょうき》ポンプは開発されたばかりで、故障《こしょう》してしまうことも多かった。そんな時はまた人力ポンプに戻《もど》ってしまう。くみ出す量《りょう》も当然《とうぜん》少なくなる。そんな時、作業者たちは、地下水につかる危険《きけん》な環境《かんきょう》でトンネルをほることになった。

「これじゃあ仕事にならん。」

「ポンプ係はおれたちをおぼれさせようってのか。」

そんな不満《ふまん》の声も出た。そして、ある日、田邉《たなべ》に悲しい知らせがもたらされた。

「工事主任《しゅにん》。ポンプ主任《しゅにん》が、亡《な》くなられました。」

「え!?」

「突然姿《とつぜんすがた》が見えなくなって……。亡《な》くなっているところを発見されたそうです。主任《しゅにん》は、蒸気《じょうき》ポンプの故障《こしょう》で水がうまくくみ出されないことを、前からとてもなやんでいました。やっと、ポンプが正常《せいじょう》に動くようになったのに……。」

田邉《たなべ》は、自分が指揮《しき》する工事で犠牲《ぎせい》を出してしまったことに大きなショックを受けた。しか

し、京都《きょうと》の将来《しょうらい》がかかった工事を止めるわけにはいかない。歯を食いしばって工事の指揮《しき》を続《つづ》けた。大勢《おおぜい》の作業者も、命をかけてトンネルの工事を続《つづ》けた。

そして、着工から四年八か月、一八九〇（明治《めいじ》二十三）年についに琵琶湖疏水《びわこそすい》は完成《かんせい》した。明治《めいじ》時代、日本人の手だけで行われた初《はじ》めての大工事だった。

取水口のある大津《おおつ》から、第一トンネルをぬけて滋賀県《しが》から京都府《きょうとふ》に入り、山科《やましな》の田畑をうるおしながら蹴上《けあげ》へ、そこから南禅寺《なんぜんじ》の方にさかのぼる琵琶湖疏水《びわこそすい》は、長さ八・四キロメートル、流れる水の量《りょう》は毎秒八・三五立方メートルという壮大《そうだい》なものだった。

疏水《そすい》による京都《きょうと》の発展《はってん》

疏水《そすい》工事では、当初《とうしょ》の計画から変《か》わったことがいくつかあったが、最大《さいだい》の変更《へんこう》は、水力発電所の設置《せっち》が加《くわ》わったことだ。

工事の途中《とちゅう》、田邉《たなべ》は、水路の利用《りよう》の実態《じったい》を視察《しさつ》するため、アメリカに渡《わた》った。その時、実用化されたばかりの水力発電を見て考えた。（琵琶湖疏水《びわこそすい》が完成《かんせい》すれば、京都《きょうと》には人がもっとたくさん集まって、新しい工場もできるだろう。水力発電所をつくっておけば、電気鉄道や様々な工場の動力として、電気を使うことができる。）

そう考えた田邉《たなべ》は、疏水《そすい》工事計画に水力発電所の設置《せっち》を追加《ついか》した。これが蹴上《けあげ》の発電所で、日本初《はつ》の事業用の水力発電所となった。ここで発電された電気は、京都《きょうと》電気鉄道や、京都電《きょうとでん》灯《とう》、その他様々な工場や、家庭用の電力として使われることとなり、京都《きょうと》の発展《はってん》の基礎《きそ》となったのである。

疏水《そすい》の開通と共《とも》に、船による運送も盛《さか》んになり、人の行き来や大量《たいりょう》の荷物の運送が行われるようになった。

そして、防火《ぼうか》のための水も確保《かくほ》された。庭園や公園、田畑などにも水が引きこまれ、町はみずみずしい美しさにみちた。京都《きょうと》は琵琶湖疏水《びわこそすい》の完成《かんせい》と共《とも》に、再《ふたた》び活気をとり戻《もど》したのだ。

その後、疏水《そすい》の計画はさらに発展《はってん》して、琵琶湖《びわこ》第二疏水《そすい》が完成《かんせい》し、北垣《きたがき》の夢《ゆめ》見た大プロジェクトは、夢《ゆめ》をはるかに超《こ》えるほど大きな成果《せいか》を上げた。

琵琶湖疏水《びわこそすい》は、百年先の京都《きょうと》の発展《はってん》のためになりふりかまわずに活動した北垣国道《きたがきくにみち》の情熱《じょうねつ》と、田邉朔郎《たなべさくろう》たち技師《ぎし》の身をけずる努力《どりょく》と熱《あつ》い魂《たましい》でつくり上げられたのだった。

そこまで語ると、岡《おか》さんは心地よさそうに疏水《そすい》を流れる水に目をやる。

「疏水《そすい》のおかげで京都《きょうと》は発展《はってん》して、現在《げんざい》のように、世界中から人が訪《おとず》れてくれる町になりました。この疏水《そすい》がなかったら、皆《みな》さんも京都《きょうと》にきてくださっていないかもしれませんし、お会いすることもなかったかもしれません。こうして共《とも》に時間をすごすことができるのも、疏水《そすい》のおかげだと私《わたし》は思っています。」

そう話す岡《おか》さんのおだやかな表情《ひょうじょう》を見て、京都《きょうと》の人にとってこの琵琶湖疏水《びわこそすい》は、水や電力だけでなく、とても大切なものを送り届《とど》けているのだということを、ぼくは感じた。

琵琶湖疏水歴《れき》史《し》探《たん》検《けん》

長～い琵琶湖疏水の歴《れき》史《し》を見てみよう！

蹴《け》上《あげ》発電所

疏《そ》水《すい》計画は着工前後に何度も変《へん》更《こう》されたが最《もっと》も大きな変更《へんこう》は、工事の途《と》中《ちゅう》で田《た》邉《なべ》朔《さく》郎《ろう》らが水の利《り》用《よう》方《ほう》法《ほう》などについてアメリカへ視《し》察《さつ》に行き、水力発電の実用化にふみきったことだ。

こうして、建《けん》設《せつ》された蹴《け》上《あげ》発電所は日本で最《さい》初《しょ》の事業用の水路式水力発電所として、運転を開始した。琵《び》琶《わ》湖《こ》の水を使って電気を起こし、電《でん》灯《とう》をともしたり機《き》械《かい》を動かす動力に利《り》用《よう》された。

第一期の発電所は一八九一（明《めい》治《じ》二十四）年に建《た》てられたが、第二期の発電所が建《た》てられる時、とりこわされ、その跡《あと》地《ち》に第三期の発電所が一九三六（昭《しょう》和《わ》十一）年に建《た》てられた。現《げん》在《ざい》、発電は第三期の発電所が担《にな》い、第二期の発電所は稼《か》働《どう》していないが、その建《たて》物《もの》は歴《れき》史《し》的《てき》建《けん》造《ぞう》物《ぶつ》として保《ほ》存《ぞん》されている。

第二期蹴上《けあげ》発電所。

大《おお》津《つ》閘《こう》門《もん》

琵《び》琶《わ》湖《こ》疏《そ》水《すい》には多くの閘《こう》門《もん》がある。そのひとつである大《おお》津《つ》閘《こう》門《もん》は、一八八九（明《めい》治《じ》二十二）年につくられた。閘《こう》門《もん》は水面の高さがちがう川を船がスムーズに行き来できるように、水を調節する重《じゅう》要《よう》な施《し》設《せつ》である。

大津閘門《おおつこうもん》。

第一トンネル第一竪坑《たてこう》

地上部直径《ちょっけい》五・五メートル、深さ約《やく》四十七メートルの第一トンネル第一竪坑《たてこう》は、当時日本最長《さいちょう》（全長二千四百三十六メートル）の第一トンネル（長等山《ながらやま》のトンネル）をほるためにつくられた。

山の両側《りょうがわ》からほり進む他に、山上から垂直《すいちょく》に穴《あな》をほり、そこからも両側《りょうがわ》にほり進めて工期をはやめることに成功《せいこう》した。この近代的《てき》な「竪坑《たてこう》方式」は日本で初《はじ》めて採用《さいよう》された方法《ほうほう》である。

第一トンネル第一竪坑《たてこう》。

第一トンネル東口洞門《どうもん》

琵琶湖疏水《びわこそすい》にある各《かく》トンネルの入り口には琵琶湖疏水《びわこそすい》の関係者《かんけいしゃ》や明治《めいじ》を代表する政治家《せいじか》による字がほられた銘石《めいせき》を見ることができる。

第一トンネル東口洞門《どうもん》の銘石《めいせき》は、初代内閣総理大臣伊藤博文《しょだいないかくそうりだいじんいとうひろぶみ》の手による「気象萬千《きしょうばんせん》」の文字で、「様々に変化《へんか》する風光はすばらしい」という意味がある。

東口洞門《どうもん》の銘石《めいせき》。

第一トンネル東口洞門《どうもん》。

第四話

通《つう》天《てん》閣《かく》

（大阪府《おおさかふ》）

通天閣復活《つうてんかくふっかつ》の立役者とは!?

二代目通天閣建設《つうてんかくけんせつ》の様子

塔前町《とうぜんまち》

大阪《おおさか》の町にそびえる通天閣《つうてんかく》の下で、大阪《おおさか》では「おっちゃん」と呼《よ》ばれる年配の男性《だんせい》がふたり、天井画《てんじょうが》を見上げて話をしていた。

「通天閣《つうてんかく》のアーチの下にこんなきれいなもんがあるなんて、知らんかったなあ。」

「これは、二〇一五（平成《へいせい》二十七）年に終わった改修《かいしゅう》工事の時につくられた天井画《てんじょうが》や。初代通《しょだいつう》天閣《てんかく》にあった天井画《てんじょうが》をもとにしてつくられたもんなんやて。」

「へえ、初代通天閣《しょだいつうてんかく》って、今の通天閣《つうてんかく》は何代目なん。」

「アホ、二代目や。何年、この新世界《しんせかい》の町におるねん。通天閣《つうてんかく》はこの町のシンボルやで。新世《しんせ》界《かい》は、ゆうてみれば塔前町《とうぜんまち》なんや。」

「塔前町《とうぜんまち》ってなんのこっちゃ。」

「おれのつくった言葉や。」

「なんじゃそりゃ⁉」

町には、何によって栄《さか》えたかによって様々な呼《よ》び方がある。城《しろ》によって栄《さか》えたなら城下町《じょうかまち》、港によって栄《さか》えたなら港町、宿場や駅によって栄《さか》えたなら宿場町、寺や神社によって栄《さか》えたなら門前町《もんぜんまち》、という具合になる。

だとすると、たしかに通天閣《つうてんかく》のある大阪《おおさか》の新世界《しんせかい》は、通天閣《つうてんかく》という塔《とう》によって栄《さか》えた塔前町《とうぜんまち》と呼《よ》ぶのにふさわしい場所であろう。

「ほんなら、通天閣《つうてんかく》が建《た》つ前の新世界《しんせかい》は、どんな場所やってん。」

「そらお前、新世界《しんせかい》の前の時代やから、旧《きゅう》世界やったんちゃうんか。」

「へー、旧《きゅう》世界って。」

「たぬきやきつねのおるところやろ。」

おっちゃんたちの話は、新世界《しんせかい》がたぬきやきつねが走りまわる「旧《きゅう》世界」だったころへとさかのぼっていった。

初代通天閣《しょだいつうてんかく》と新世界《しんせかい》

現在《げんざい》は全国に知られる繁華街《はんかがい》となっている新世界《しんせかい》は、明治《めいじ》時代まで畑や荒《あ》れ地が広がるさびしい場所だった。それが、一九〇三(明治《めいじ》三十六)年、内国観業博覧会《ないこくかんぎょうはくらんかい》の会場になり大変身《へんしん》する。

この博覧会《はくらんかい》は、内国《ないこく》(国内のこと)と名前はついているが、世界の十四か国十八地域《ちいき》から様々な展示物《てんじぶつ》が出品され、国際博覧会《こくさいはくらんかい》といってもよいほど大きな規模《きぼ》の博覧会《はくらんかい》だった。飛行艇《ひこうてい》、メリーゴーラウンド、パノラマ世界一周館《いっしゅう》などの娯楽施設《ごらくしせつ》がもうけられ、開催《かいさい》期間の五か月のあいだに五百三十万人もの人が来場した。そうした人々を運ぶために、鉄道路線も整備《せいび》された。

その後の※日露戦争《にちろせんそう》の時、博覧会《はくらんかい》が行われた場所を陸軍《りくぐん》が使用した。さらにその後、軍《ぐん》が使った跡地《あとち》を利用《りよう》して整備《せいび》された地域《ちいき》が、「新世界《しんせかい》」と呼《よ》ばれることになった。

新世界《しんせかい》は、ニューヨークの遊園地をまねたルナパークと、初代通天閣《しょだいつうてんかく》を中心に整備《せいび》された。ルナパークには、現代《げんだい》でいう絶叫《ぜっきょう》マシーンのサークリングウェーブ、回転木馬や、ローラース

※日露戦争《にちろせんそう》　1904~1905年、満州《まんしゅう》(中国《ちゅうごく》東北部)と朝鮮《ちょうせん》の支配権《しはいけん》をめぐって日本とロシアとのあいだで行われた戦争《せんそう》。

ケートホールなどの娯楽施設《ごらくしせつ》が置《お》かれ、人気の遊園地となった。

初代通天閣《しょだいつうてんかく》は一九一二（明治《めいじ》四十五）年に完成《かんせい》し、ルナパークと並《なら》んで大人気となった。フランスの凱旋門《がいせんもん》をモデルにした土台の上に、これまたフランスのエッフェル塔《とう》をモデルにした塔《とう》が建《た》っているという斬新《ざんしん》なデザインの塔《とう》だった。高さは七十五メートル。展望塔《てんぼうとう》として、当時は東洋一といわれた。塔《とう》の上の方には展望室《てんぼうしつ》があり、日本で初《はじ》めての営業《えいぎょう》用エレベーターがとりつけられるなど、当時としては最新鋭《さいしんえい》の機能《きのう》を備《そな》えた塔《とう》だった。

人々は争《あらそ》って、展望室《てんぼうしつ》にのぼりたがった。

「通天閣《つうてんかく》にのぼったら、大阪《おおさか》中を見渡《みわた》すことができんねんて。」

「なんといっても東洋一の高さや。」

「東洋一いうたら、太閤《たいこう》さん（豊臣秀吉《とよとみひでよし》）でも見たことのない景色《けしき》が見られるっちゅうことやな。」

「晴れた日は、四国まで見えるっちゅうで。」

評判《ひょうばん》が評判《ひょうばん》を呼《よ》び、連日《れんじつ》、人がおしかけた。

新世界《しんせかい》で特《とく》に評判《ひょうばん》となったのが、空中観覧車《かんらんしゃ》だった。ルナパークにあるホワイトタワーと通《つう》天閣《てんかく》のあいだをワイヤーで結《むす》び、ゴンドラを行き来させる乗り物だ。空中を移動《いどう》するという体《たい》験《けん》ができる新世界《しんせかい》は、まさに夢《ゆめ》の国だった。新世界《しんせかい》には、通天閣《つうてんかく》とルナパークに集まる人たちを楽しませるため、劇場《げきじょう》、映画館《えいがかん》、そして多くの飲食店が並《なら》ぶようになった。

「新世界《しんせかい》に行けば、東洋一の塔《とう》も劇場《げきじょう》もなんでもあんで。」

「それにうまいもんだってあるんで。」

評判《ひょうばん》が広がり、観光客《かんこうきゃく》が全国からおし寄《よ》せるようになった。ルナパークは、一九二三（大正《たいしょう》十二）年に閉園《へいえん》したが、通天閣《つうてんかく》の人気はおとろえず、たくさんの人を集めた。

しかし、一九四一（昭和《しょうわ》十六）年、人々は突然《とつぜん》、夢《ゆめ》の国からきびしい現実《げんじつ》の世界に引き戻《もど》された。太平洋戦争《せんそう》が始まり、国民《こくみん》に娯楽《ごらく》はほとんど許《ゆる》されなくなったのだ。

戦争《せんそう》が続《つづ》いていた一九四三（昭和《しょうわ》十八）年、初代通天閣《しょだいつうてんかく》は真下にあった映画館《えいがかん》の火事の火が移《うつ》り、大きなダメージを受けた。そしてそれを機《き》に、塔《とう》の鉄骨《てっこつ》を戦争《せんそう》に使う武器《ぶき》や弾丸《だんがん》につくり変《か》えるために、解体《かいたい》されることになった。解体《かいたい》をする時、通天閣《つうてんかく》のまわりには、戦争《せんそう》中だというのにたくさんの人が集まってきた。彼《かれ》らは、戦争《せんそう》や政府《せいふ》を批判《ひはん》する人をとりしまる特別《とくべつ》※

※特別高等警察《とくべつこうとうけいさつ》 略《りゃく》して特高《とっこう》ともいわれ、政治・思想・言論をとりしまるために設置《せっち》された警察《けいさつ》。1945（昭和《しょうわ》20）年に解体《かいたい》された。

高等警察《けいさつ》の刑事《けいじ》がいることも忘《わす》れて、口々にさけんだ。

「わしらの通天閣《つうてんかく》が、のうなってまう。」

「夢《ゆめ》の国が終わるんや！」

そして、通天閣《つうてんかく》を失《うしな》った新世界《しんせかい》の町は、そのあとますます激《はげ》しくなった戦争《せんそう》のたび重なる空《くう》襲《しゅう》によって焼《や》かれ、一九四五（昭和《しょうわ》二十）年、終戦《しゅうせん》をむかえたのだった。

塔《とう》のない町

「客の入りはどうや。」

「さっぱりやな。」

戦争《せんそう》が終わって五年後の一九五〇（昭和《しょうわ》二十五）年、新世界《しんせかい》の商店街《しょうてんがい》では、こんなやりとりがあちこちでくり返されていた。

「ここらはひどい不景気《ふけいき》や。全然《ぜんぜん》あかん。」

「そやなぁ。梅田《うめだ》みたいに空襲《くうしゅう》の被害《ひがい》が少なかったとこばっかり発展《はってん》してくわ……。」

「新世界《しんせかい》は、大阪《おおさか》に見すてられたんとちゃうか。」

人々が交わすこんな元気のない会話を、腕《うで》を組んでじっと聞いている人物がいた。新世界町《しんせかい》会連合会《れんごうかい》会長の雑野貞二《ざつのていじ》だった。

(新世界《しんせかい》は、もう一度戦前《せんぜん》の輝《かがや》きをとり戻《もど》さなあかんねん!)

そう考えた雑野《ざつの》は、早速、町会連合会《れんごうかい》の主だった人たちを集めた。

「新世界《しんせかい》を復活《ふっかつ》させるために、いろいろ考えて、これまで手を尽《つ》くしてきましてん。けど、どれもあかんかった……。ここは切り札《ふだ》を使うしかない思うんや。」

「切り札《ふだ》」の言葉に集まった人たちは、ざわついた。

「切り札《ふだ》っちゅうのはな、東洋一の塔《とう》、通天閣《つうてんかく》の再建《さいけん》や。それしかあらへん!」

雑野《ざつの》は力強く語る。しかし、集まった人々は顔に失望《しつぼう》の色を浮《う》かべ、口々にいう。

「そんなんできるわけないやろ!」

「もし、通天閣《つうてんかく》が建《た》ったら、うどんで首くくったるわ。」

「なんや、ばかばかしい。」

何人もが席《せき》を立って出ていった。しかし雑野《ざつの》は、自分をはげますように、声をふりしぼって話を続《つづ》けた。

「待ってくれ、みんな。思い出してほしいんや。なんでこの新世界《しんせかい》が発展《はってん》してきたんかを。ルナパークが終わった時、みんな『新世界《しんせかい》も終わりや』といった。でも、新世界《しんせかい》はつぶれんかった。奈良《なら》や和歌山《わかやま》、日本中からぎょうさん人がきよった。それは通天閣《つうてんかく》があったからや思う。通天閣《つうてんかく》を目印《めじるし》に新世界《しんせかい》に人が集まったんや。新世界《しんせかい》は、東洋一の通天閣《つうてんかく》という塔《とう》のおかげで発《はっ》展《てん》してきてん。そやから、もういっぺん、東洋一の通天閣《つうてんかく》をつくろうや！」

雑野《ざつの》は熱心《ねっしん》に話し続《つづ》けたが、どんどん人は去っていく。その後ろ姿《すがた》を悲しそうに見つめる雑《ざっ》野《の》に声をかけた六人の男がいた。

「会長。やりましょ。」

「東洋一の通天閣《つうてんかく》、つくりましょ。塔《とう》あっての新世界《しんせかい》や！」

声をかけた六人は、町の有力者でも、リーダーでもなかった。うなぎ屋・写真屋・時計屋・

質屋《しちや》・氷屋・マージャン屋をいとなむ、ごくふつうの商店街の店主たちだった。

七人の大プロジェクト

「通天閣《つうてんかく》を再建《さいけん》する」という七人の大プロジェクトが始まった。まずは大阪《おおさか》市長、市議会議《しぎかいぎ》員《いん》、市役所や大阪府《おおさかふ》などの有力者をまわって協力《きょうりょく》を依頼《いらい》することとなった。

「お願《ねが》いします。東洋一の通天閣《つうてんかく》。これが新世界《しんせかい》には必要《ひつよう》なんです。どうかどうか、手を貸《か》してください。」

みんなで頭を下げるが、

「東洋一の通天閣《つうてんかく》を再建《さいけん》？　夢《ゆめ》みたいなことというてんちゃうか。」

「戦争《せんそう》の爪痕《つめあと》から立ち直らんとあかん時に、そんなむだなもんに予算は出せませんわ。」

冷《つめ》たくあしらうばかりで、だれも本気でとり合ってくれなかった。ある市議会議員《しぎかいぎいん》には、

「どこに建《た》てるんや。通天閣《つうてんかく》の建《た》ってた場所には、住宅《じゅうたく》と店舗《てんぽ》が建《た》っとるがな。」

と指摘《してき》された。

確《たし》かに、通天閣《つうてんかく》を再建《さいけん》しようにも、もとの土地は住宅《じゅうたく》や店舗《てんぽ》に使われていた。通天閣《つうてんかく》を建《た》てるからどいてくれなどということはできない。これは、当初《とうしょ》から通天閣再建《つうてんかくさいけん》プロジェクトの大きな壁《かべ》になっていた問題だった。二代目通天閣《つうてんかく》はまぼろしに終わるのか。だれもがそう思いかけた時だった。

「いや、土地ならあんで。」

写真屋の店主が力強くいったのだ。みんなはおどろいて店主を見つめた。

「同じ場所に建《た》てようとするから、あかんのです。少しずれてもええやないですか。ほら、通《つう》天閣《てんかく》があったところから少し離《はな》れた場所にある公園。あそこならええと思いまへんか。」

「せやな。早速見にいこか。」

写真屋の店主を先頭に、七人は公園へ出かけたが、公園を見まわすとそろって、

「せまいなあ……。」

とつぶやいた。広さは九百平方メートルあまり。初代通天閣《しょだいつうてんかく》の建《た》っていた土地とは比《くら》べものに

ならないせまさだった。しかし、雑野《ざつの》がきっぱりという。

「空いてる土地は、ここしかあらへん。ここに通天閣《つうてんかく》を建《た》てるんや。わし、ここに東洋一の二代目通天閣《つうてんかく》を建《た》てたるで。ひとりでもやったるで。」

雑野《ざつの》のまよいのない言葉に、六人も勇気《ゆうき》がわいた。

「わしもやったる！　公園いうたら大阪《おおさか》市の持ちもんや。明日市役所に行ってくるわ。」

「ほんなら、わしもいっしょに行ったるで。」

みんなが盛《も》り上がると、それまでだまっていた質屋《しちや》の店主が口を開いた。

「金のことも、なんとかなるかもしれん。」

「えっ？」

「うちは質屋《しちや》や。株券《かぶけん》を質草《しちぐさ》にあずかることもある。株券《かぶけん》いうんは、会社をつくる時、金を出してもらう証拠《しょうこ》として発行するもんや。どうやろ。通天閣《つうてんかく》も株式会社《かぶしきがいしゃ》にして、みんなから少しずつ金を出してもろて、再建《さいけん》するっちゅうんは。」

「ええなあ！　それならできまっせ。」

「みんなに少しずつ金を出してもらうっちゅうのがええわ。通天閣《つうてんかく》はみんなの塔《とう》になるで。庶《しょ》民《みん》の塔《とう》や。」

「せやな、通天閣《つうてんかく》はわしら新世界《しんせかい》に住む庶民《しょみん》の塔《とう》や。」

こうして、場所と資金《しきん》の問題を解決《かいけつ》するアイデアが固《かた》まった。七人は翌日《よくじつ》から手わけをして、商店街《しょうてんがい》と市役所をまわりはじめた。

「わしらの金を持ち寄《よ》って通天閣《つうてんかく》をつくる。そりゃあええわ！」

「少しやけど、協力《きょうりょく》さしてもらいます。」

洋服屋、床屋《とこや》、くしカツ屋、まわった先々で、みんな喜《よろこ》んで資金《しきん》を出すことを申し出てくれた。「庶民《しょみん》の塔《とう》」、この言葉に新世界《しんせかい》の住民《じゅうみん》たちの結束《けっそく》は強まっていく。

しかし、問題は市役所だった。公園を通天閣建設《つうてんかくけんせつ》のための土地として使わせてほしいという相談に、全くおうじてくれない。

「公園は市民《しみん》のものです。塔《とう》を建《た》てる場所ではありません。」

「市民《しみん》が塔《とう》をつくるんやで。場所を提供《ていきょう》してくれてもええやんか。」

「だめです。塔《とう》にどんな公共性《こうきょうせい》があるというんです。公共性《こうきょうせい》のないものに、市の土地は使えません。」

何度足を運んでも、ことわられてしまう。しかし、七人はあきらめず何度も市役所にかけ合った。そうしているうち、個人的《こじんてき》に理解《りかい》をしめしてくれる職員《しょくいん》もあらわれた。

「本当は、私《わたし》のような公務員《こうむいん》がこういうことをいうのはルール違反《いはん》なのですが……。要《よう》は公共《こうきょう》性《せい》があればいいのでしょう。大阪《おおさか》テレビと、内藤多仲博士《ないとうたちゅうはかせ》を訪《たず》ねてはいかがでしょう。」

「大阪《おおさか》テレビ？　そうか、わかった。テレビ放送のために通天閣《つうてんかく》を使えば、公共性《こうきょうせい》のある利用《りよう》と説明《せつめい》できるわけですな。」

「そうです。ただし、大阪《おおさか》テレビにはもうテレビ塔《とう》があるんですが。」

「え、そしたら……。」

「将来《しょうらい》のため、ということで大阪《おおさか》テレビと話をするんです。それで塔《とう》のどこかにテレビのための小さな部屋でもつくったらいいでしょう。それなら、市役所は文句《もんく》をいえないかと。」

「わかりました。それで内藤博士《ないとうはかせ》というお人は、どなたさんですか？」

「内藤博士《ないとうはかせ》は、名古屋《なごや》電波塔《とう》を建《た》てた日本一のタワー博士《はかせ》です。皆《みな》さんが通天閣《つうてんかく》を建《た》てようとしているあの公園は、もとの通天閣《つうてんかく》のあった場所よりかなりせまい。前と同じデザインというわけにはいかないでしょう。だから、内藤博士《ないとうはかせ》に新しい通天閣《つうてんかく》のデザインをしてもらうんです。がんばってください。新世界《しんせかい》の発展《はってん》は皆《みな》さんのつくる庶民《しょみん》の塔《とう》、通天閣《つうてんかく》の建設《けんせつ》にかかっているんですから。」

七人は、貴重《きちょう》な助言を得《え》て、通天閣再建《つうてんかくさいけん》の突破口《とっぱこう》を見つけたのだった。

庶民《しょみん》の塔《とう》

七人は、早速、東京《とうきょう》の内藤博士《ないとうはかせ》のもとを訪《おとず》れた。当時内藤博士《ないとうはかせ》は、日本一の塔博士《とうはかせ》として、全国の塔建設《とうけんせつ》のために大忙《おおいそが》しの状態《じょうたい》だった。各地《かくち》でテレビ塔《とう》の建設《けんせつ》が重なっていた時期だったからだ。しかし、七人は何度も何度も内藤博士《ないとうはかせ》に通天閣《つうてんかく》の設計《せっけい》の依頼《いらい》をした。そしてついに、

「わかりました。とにかく一度、現地《げんち》を見てみましょう。」

という内藤博士《ないとうはかせ》の言葉を引き出すことに成功《せいこう》した。

内藤博士《ないとうはかせ》が予定地の公園を訪《おとず》れた時、まずいったのは、

「ここに東洋一の塔《とう》を建《た》てるんですか……。あまりにもせまいですなあ。」

ということだった。

さらに、内藤博士《ないとうはかせ》の言葉が七人に追い打ちをかける。

「私《わたし》がこの前設計《せっけい》した名古屋《なごや》電波塔《とう》は、名古屋《なごや》の百メートル道路をはさむ形で土台をつくっています。つまり、塔《とう》というのはそれだけ大きな土台が必要《ひつよう》なものなんです。皆《みな》さんの塔《とう》に対する気持ちもわかるが、この土地のせまさでは、名古屋《なごや》電波塔《とう》より大きな塔《とう》は建《た》てられません。」

内藤博士《ないとうはかせ》は、土地のせまさを理由に、通天閣再建《つうてんかくさいけん》をあきらめるよう七人を説得《せっとく》した。しかし七人はくいさがった。

「お願《ねが》いします。名古屋《なごや》の塔《とう》は、大きな会社が役所にも協力《きょうりょく》してもろてつくったものでっしゃろ。通天閣《つうてんかく》はちゃいます。私《わたし》ら商店主とか庶民《しょみん》の力でつくり上げるものなんです。どうかお願《ねが》いです。先生のお力で通天閣《つうてんかく》を、庶民《しょみん》の東洋一の塔《とう》をつくってください！」

頭を下げ続《つづ》ける七人に、ついに内藤博士《ないとうはかせ》も根負けした。

「庶民《しょみん》の塔《とう》……。わかりました。庶民《しょみん》の塔《とう》を建《た》てましょう。ただし、東洋一の塔《とう》というのは、お約束《やくそく》できません。しかし私《わたし》に考えがありますので、まかせていただきたい。」

「おおきにありがとうございます、先生！」

内藤博士《ないとうはかせ》は東京《とうきょう》に戻《もど》り、早速、通天閣《つうてんかく》の設計《せっけい》にとりかかった。そしてしばらくして、設計図《せっけいず》を七人に届《とど》けた。待ち望《のぞ》んだ設計図《せっけいず》の上に体を乗り出す七人に、内藤博士《ないとうはかせ》は設計《せっけい》の説明《せつめい》をした。

「これが、二代目通天閣《つうてんかく》の設計図《せっけいず》です。塔《とう》の高さは百三メートル。」

「百三メートルか。名古屋《なごや》電波塔《とう》は百八十メートルや。通天閣《つうてんかく》は、東洋一じゃないなあ……。」

がっかりした顔をする七人に、内藤博士《ないとうはかせ》はニヤリとしてこういった。

「ですが、この展望室《てんぼうしつ》の高さは九十一メートル。名古屋《なごや》電波塔《とう》の展望室《てんぼうしつ》は九十メートルですから、展望室《てんぼうしつ》の高さでは、この通天閣《つうてんかく》が東洋一になります。」

それを聞いたとたんに、七人の顔がぱっと明るくなった。

「ほんまや。東洋一や！」

「東洋一のながめ。これやったら、また新世界《しんせかい》に人がきてくれはるで！」

歓声《かんせい》を上げる七人に、内藤博士《ないとうはかせ》はさらにいった。

「それから、この展望室《てんぼうしつ》の四角ではない丸いデザイン、わきにつき出たポールにも、秘密《ひみつ》があるんです。丸は、角ばらずみんながなかよくというメッセージです。そしてポールには、お店の宣伝《せんでん》ののぼりなどを差《さ》せるんです。なんといっても庶民《しょみん》の塔《とう》ですからね。」

「庶民《しょみん》の塔《とう》」への内藤博士《ないとうはかせ》の工夫《くふう》がありがたく、七人は胸《むね》を熱《あつ》くした。博士《はかせ》は続《つづ》けていう。

「ところで建設《けんせつ》会社は決まりましたか？」

「内藤《ないとう》先生がしょうかいしてくれはった有名な会社さんには、ことわられてもうて……。建築《けんちく》中もその付近《ふきん》の店は営業《えいぎょう》したまま、まっちゅう条件《じょうけん》があかんかった。安全性《あんぜんせい》に自信《じしん》が持たれへんゆうて。」

「そうでしたか。」

「でも、奥村組《おくむらぐみ》が引き受けてくれましてん。」

奥村組《おくむらぐみ》は、奈良《なら》県で開業した建設《けんせつ》会社だった。当時の奥村組《おくむらぐみ》にとっては大きなリスクをとも

なう仕事であった。しかし、

「大阪《おおさか》のためや。もうけはなくても、この仕事をやろう。成功《せいこう》すれば我《わ》が社にとって大きな財《ざい》産《さん》になるはずや。奥村組《おくむらぐみ》の力を大阪《おおさか》中に見せつけるで。」

という奥村組《おくむらぐみ》社長の一言で工事は引き受けられた。

一本のボルト

こうして、一九五五（昭和《しょうわ》三十）年、二代目通天閣《つうてんかく》は、なんとか工事を始めることができた。新世界《しんせかい》を通る人にとって、毎日できていく通天閣《つうてんかく》を見上げることが楽しみになった。

「また、たこ（高く）なったな。」

「今日は、三メートル進んだで。」

しかし見ている人には楽しみでも、その工事は難《むずか》しいものだった。

「ねじ一本落とすんやないぞ。」

　これが工事の合言葉だった。通常《つうじょう》、塔《とう》を建《た》てるのは、山の中のような人のいないところだ。住宅《じゅうたく》などがあっても、工事の期間は立ちのいてもらうのが常識《じょうしき》だ。ところが二代目通天閣《つうてんかく》の工事は、まわりの商店は営業《えいぎょう》したまま、住宅《じゅうたく》も人が住んだままで行われたのだ。ましてや、もとは公園だったせまい場所での工事。奥村組《おくむらぐみ》の苦労《くろう》は、並大抵《なみたいてい》のものではない。もし、作業中に何かを落として、それが下にいた人にあたって事故《じこ》が起きては大変《たいへん》だ。

　そしてある日、ついにその最悪《さいあく》の事態《じたい》が起こってしまった。

「カラーン。」

　上空の工事現場《げんば》から、ボルトが一本落ちてしまったのだ。

「うわー。」

という声が下から聞こえてくる。職人《しょくにん》が下を見ると人が倒《たお》れていた。

　救急車《きゅうきゅうしゃ》が呼《よ》ばれ、けが人が病院へ運ばれていく。ボルトが頭にあたり、頭《ず》がい骨《こつ》がへこむ大けがをしていて、意識不明《いしきふめい》になった。

　工事関係者《かんけいしゃ》、そして通天閣《つうてんかく》計画を立ち上げた雑野《ざつの》たち七人は病院にかけつけた。病室には面会謝絶《しゃぜつ》の札《ふだ》が下がっている。廊下《ろうか》に置《お》かれたベンチには家族が心配そうにすわっていた。

「すんません。」

「申しわけありません。」

工事関係者《かんけいしゃ》と七人は何度も家族に頭を下げた。家族は心配のあまり返事もできずただうつむくばかりだった。

その時、

「おうい。おうい。」

と病室から声が聞こえてきた。家族があわてて病室に入り、医者がかけつけてしばらくすると、七人は病室に入るようにいわれた。けがをした人がどうしても話したいことがあるというのだ。

おそるおそる病室に入った七人に、その人はこういった。

「あんたら、わしが死んだら、通天閣《つうてんかく》の工事ができなくなるて、心配しよったろ。わしは生きとる。だから通天閣《つうてんかく》の工事を続《つづ》けてください。はようわしらの、東洋一の通天閣《つうてんかく》を見せてください。」

七人は、けがをした人の意識《いしき》が戻《もど》ったことにほっとすると同時に、自分たちの夢《ゆめ》が大阪《おおさか》の人たちの夢《ゆめ》でもあることをあらためて知り、通天閣《つうてんかく》を必《かなら》ず完成《かんせい》させるという決意を胸《むね》に刻《きざ》んだ。

そして、一九五六（昭和《しょうわ》三十一）年十月二十八日、二代目通天閣《つうてんかく》はついに開業の日をむかえたのだった。

二代目通天閣《つうてんかく》ができてから五十年以上《いじょう》がすぎた。そのあいだに多くの塔《とう》が建《た》てられ、通天閣《つうてんかく》は東洋一の展望台《てんぼうだい》ではなくなったが、大阪《おおさか》の庶民《しょみん》の塔《とう》は健在《けんざい》だ。

人がどっとおし寄《よ》せたかと思うと、少なくなることもある。しかし訪《おとず》れる人が少なくなって困《こま》ったなと思っていると、テレビドラマの舞台《ぶたい》になったり、B《ビー》級グルメブームが起こったりして、不思議《ふしぎ》と通天閣《つうてんかく》と新世界《しんせかい》はまた活気をとり戻《もど》すのだ。

大阪《おおさか》の人々に愛《あい》される通天閣《つうてんかく》は、「庶民《しょみん》の塔《とう》」としてたくましく、そしてしたたかに、今も大阪新世界《おおさかしんせかい》にそびえ立っている。

おもしろ雑《ざつ》学《がく》4

展望が美しい大阪《おおさか》名所めぐり

通《つう》天《てん》閣《かく》以《い》外《がい》にもたくさんあるよ！

あべのハルカス

現在《げんざい》日本一のビルの高さ、地上三百メートルを誇《ほこ》るあべのハルカスは、地球温暖《おんだん》化の原因《げんいん》となる二《に》酸化炭素《さんかたんそ》の排出《はいしゅつ》を最先端《さいせんたん》の技術《ぎじゅつ》で低減《ていげん》している。

ビル内には自然光《しぜんこう》や外気をとり入れるふきぬけの空間があり、屋上は緑化、施設《しせつ》から出る生ごみは微生物《びせいぶつ》に分解《ぶんかい》させる。微生物《びせいぶつ》が分解《ぶんかい》をするとバイオガスを回収《かいしゅう》することができる。そのバイオガスの中にはメタンというガスがあり、発電に利用《りよう》することができるのだ。高層《こうそう》ビルでは日本で初《はじ》めてのこころみである。

また冷房《れいぼう》で発生した排熱《はいねつ》エネルギーは、あべのハルカス内にあるホテルやオフィスの給湯《きゅうとう》、暖房《だんぼう》に利用《りよう》されている。

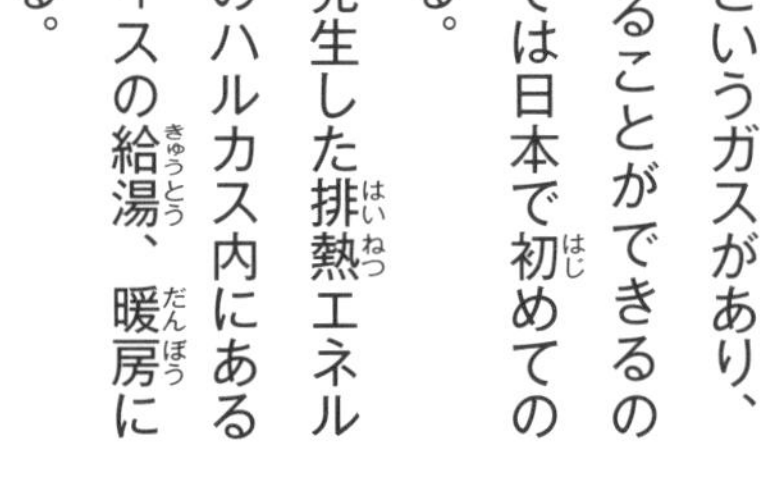

あべのハルカス展望台《てんぼうだい》。

あべのハルカス。

なんばパークスガーデン

商業施設《しせつ》なんばパークスの二階から九階には、パークスガーデンという、商業施設《しせつ》の屋上としては国内最大規模《さいだいきぼ》の庭園があり、そこでは多種多様《たしゅたよう》な五百種類以上《しゅるいいじょう》もの植物や、鳥類《ちょうるい》や昆虫《こんちゅう》を見ることができる。

また「世界で最《もっと》も美しい空中庭園」としてアメリカのメディアにとり上げられ、海外からも観光《かんこう》名所として注目されている。環境《かんきょう》への配慮《はいりょ》もさることながら、景観《けいかん》や人々のいこいの場としても優《すぐ》れた庭園である。

上空から見たパークスガーデン。

パークスガーデン。

梅田《うめだ》スカイビル

梅田《うめだ》スカイビルは、高度な日本の建設技術《けんせつぎじゅつ》によって建《た》てられた日本を代表するビルである。

世界を代表する二十の建物《たてもの》の一つとして、その斬新《ざんしん》なデザインで注目されるが、構造《こうぞう》を重視《じゅうし》した建《けん》造物《ぞうぶつ》でもある。

二つの超高層《ちょうこうそう》ビルを最頂部《さいちょうぶ》でつなぐ連結《れんけつ》部分は、空中庭園として人々の目を楽しませているが、実はビルを連結《れんけつ》させることで耐震性《たいしんせい》を高めている。地上約《やく》百五十メートルの高さで連結《れんけつ》する建築《けんちく》工事は、東京《とうきょう》タワーのアンテナ部分の施工《せこう》にも採用《さいよう》されたリフトアップ工法《こうほう》である。基本的《きほんてき》な部分を地上で組み立て、ワイヤーでつり上げて固定《こてい》するため安全性《あんぜんせい》が高い工法《こうほう》である。

空中庭園エントランスに続《つづ》くチューブ型《がた》のシースルーエスカレーター。

梅田《うめだ》スカイビル。

第五話

旧《きゅう》神戸《こうべ》居留地《きょりゅうち》十五番館《じゅうごばんかん》

（兵庫《ひょうご》県）

美しく、たくましい神戸《こうべ》のシンボル

1886（明治《めいじ》19）年の旧神戸居留地十五番館《きゅうこうべきょりゅうちじゅうごばんかん》

神戸《こうべ》の礎《いしずえ》

神戸《こうべ》市にある神戸《こうべ》ポートタワー近くのビルの一室が、私《わたし》が実習生として働《はたら》く仕事場だ。そこは小さな出版社《しゅっぱんしゃ》で、神戸《こうべ》の地域誌《ちいきし》を発行している。記者志望《しぼう》の私《わたし》は、専門学校《せんもんがっこう》のしょうかいで、この地域誌《ちいきし》の編集部《へんしゅうぶ》で就業体験《しゅうぎょうたいけん》をさせてもらっている。

神戸《こうべ》のおしゃれなレストランをしょうかいする特集《とくしゅう》の下調べをまかされ、旧神戸《きゅうこうべ》居留地《きょりゅうち》十五《じゅうご》番館《ばんかん》（以下《いか》、十五番館《じゅうごばんかん》と呼《よ》ぶ）を調べはじめることになった。

十五番館《じゅうごばんかん》は、レストランとして営業《えいぎょう》しているが、重要文化財《じゅうようぶんかざい》だ。この建物《たてもの》の歴史《れきし》はとても長くて、調べていくとどんどん時代をさかのぼってしまい、ついに私《わたし》は平清盛《たいらのきよもり》にたどりついてしまった。

神戸《こうべ》の発展《はってん》の基礎《きそ》をつくったのは、平安《へいあん》時代の終わりごろの政治家《せいじか》である平清盛《たいらのきよもり》。この清盛《きよもり》が大輪田泊《おおわだのとまり》を改修《かいしゅう》したことが神戸《こうべ》の発展《はってん》の始まりとなった。

大輪田泊《おおわだのとまり》は、今の神戸《こうべ》港である。平安《へいあん》時代、中国《ちゅうごく》や朝鮮《ちょうせん》半島との貿易《ぼうえき》で輸入《ゆにゅう》された物資《ぶっし》は、九州《きゅうしゅう》から、船で瀬戸内海《せとないかい》を通って京都《きょうと》まで運ばれていた。その際《さい》、瀬戸内海《せとないかい》の終点の港として、重要《じゅうよう》な港だった。

その大輪田泊《おおわだのとまり》には弱点があった。南東から風がふくと使えなくなってしまうのだ。風よけの島を築《きず》こうとしたが、これが簡単《かんたん》にはできない。風や波が強くて、島の土台に使う石が流されてしまうのだ。とうとう人夫頭《にんぷがしら》が、清盛《きよもり》にこんなことをいい出した。

「清盛様《きよもりさま》、工事が思うように進みません。古来伝《つた》えられてきたように、人柱を立てましょう。」

人柱とは、神や霊魂《れいこん》の心をしずめるために、人を生けにえとしてささげることだった。

清盛《きよもり》は、大きく頭をふっていった。

「いかん。そんなことをしては、大輪田泊《おおわだのとまり》が悲しい港になってしまう。仏様《ほとけさま》の力におすがりするのだ。土台にする石に尊《とうと》いお経《きょう》をかきうつして、その石を沈《しず》めよ。」

早速人夫頭《にんぷがしら》は、清盛《きよもり》のいうとおり、お経《きょう》をかきうつした石を船に積《つ》みこんで、島を築《きず》こうとしている場所まで進めさせた。しかし、そこに近づくにつれて、風と波は激《はげ》しくなっていった。

その様子を見て、人夫頭《にんぷがしら》は清盛《きよもり》にいった。

「やはりだめです。この波と風では、きっと石はうまく沈《しず》められません。」

じっと海を見つめていた清盛《きよもり》は、再《ふたた》び大きく首をふる。

「まだわからん。泳ぎの達者《たっしゃ》な者に海の底《そこ》を見にいかせてみろ。」

海にもぐった人夫《にんぷ》は、なかなか戻《もど》ってこなかったが、やっと浮《う》き上がってくると、

「石は流されておらん。流されておらんぞー！」

とさけんだ。皆《みな》、いっせいに歓声《かんせい》を上げる。

「ようし、これで工事が進められるぞ！」

こうして風よけの島（現在《げんざい》の経ヶ島《きょうがしま》）がつくられ、大輪田泊《おおわだのとまり》は港として発展《はってん》していった。

世界とつながる

一六三九（寛永《かんえい》十六）年以来《いらい》、江戸幕府《えどばくふ》は、海外とのつき合いを絶《た》つ鎖国政策《さこくせいさく》をとっていた。

国内で一か所だけ海外に開かれていたのは長崎《ながさき》で、ここでオランダと明《みん》・清《しん》（現在《げんざい》の中国《ちゅうごく》）とだけ交流していたが、海外と切りはなされた日本は、二百年あまり、独自《どくじ》の文化をつくり発展《はってん》させていった。

しかし十九世紀《せいき》に入って状況《じょうきょう》が変《か》わりはじめた。アメリカやイギリス、ロシアなどの国々が、中国《ちゅうごく》との貿易《ぼうえき》、また漁《りょう》のための足がかりを求《もと》めて、日本におし寄《よ》せてきたのだ。開国を要求《ようきゅう》するこれらの国々にどう対処《たいしょ》するかが、日本の大きな問題となった。

武力《ぶりょく》で圧力《あつりょく》をかけてくる外国に対抗《たいこう》するために、江戸幕府《えどばくふ》が大輪田泊《おおわだのとまり》の西側《にしがわ》につくったのが、神戸海軍操練所《こうべかいぐんそうれんじょ》だった。軍艦《ぐんかん》の操縦《そうじゅう》の訓練《くんれん》をする施設《しせつ》だったが、外国語も習うことができたので、外国に興味《きょうみ》のある若者《わかもの》のあこがれの施設《しせつ》となった。

この操練所《そうれんじょ》の責任者《せきにんしゃ》は勝海舟《かつかいしゅう》で、ここで坂本龍馬《さかもとりょうま》ら、幕末《ばくまつ》に活躍《かつやく》する人物を育てた。しかし、この操練所《そうれんじょ》は、ここで学んだ者の中に幕府《ばくふ》にはむかう者がいたことなどを理由に、一年ほどで閉鎖《へいさ》されてしまった。やがて幕府《ばくふ》は、外国からの開国要求《ようきゅう》を無視《むし》することができなくなり、長《なが》崎《さき》以外《いがい》にも、箱館《はこだて》（北海道《ほっかいどう》）、新潟《にいがた》（新潟県《にいがた》）、横浜《よこはま》（神奈川県《かながわ》）、そして神戸《こうべ》（兵庫県《ひょうご》）の四つの港を開港することを決定する。

神戸《こうべ》海軍操練所《かいぐんそうれんじょ》の跡地《あとち》は、外国人が住む居留地《きょりゅうち》となった。居留地《きょりゅうち》というのは、日本人が住むことは許《ゆる》されず、外国人だけに住む権利《けんり》があたえられた場所のことだ。これ以降《いこう》、神戸《こうべ》の居留《きょりゅう》地《ち》にたくさんの外国人が住み、独特《どくとく》の文化が花開いていく。

こうしてこの居留地《きょりゅうち》が神戸《こうべ》の原型《げんけい》となったのだ。

神戸《こうべ》文化のシンボル

神戸《こうべ》の居留地《きょりゅうち》には、番地がふられていた。十五番《じゅうごばん》にあたる場所に建《た》てられたのが、旧神戸居《きゅうこうべきょ》留地《りゅうち》十五番館《じゅうごばんかん》だ。

現在《げんざい》の十五番館《じゅうごばんかん》は一八八〇（明治《めいじ》十三）年ごろに建《た》てられたといわれている。木骨《もっこつ》レンガ造《づく》りの明治《めいじ》時代独特《どくとく》の洋風建築《けんちく》で、建物《たてもの》の正面には※ポーチがついていて、大きな窓《まど》やベランダがあるのが特徴《とくちょう》だ。アメリカの領事館《りょうじかん》などとして使用されていた。

※ポーチ 建物《たてもの》の本体からはり出してもうけられた屋根のついた玄関《げんかん》。

明治《めいじ》、大正《たいしょう》、昭和《しょうわ》と時代はうつり、外国人だけが住む居留地《きょりゅうち》という制度《せいど》もなくなったが、十五番館《じゅうごばんかん》はその姿《すがた》を保《たも》ち続《つづ》けた。そして、太平洋戦争《せんそう》の時の神戸大空襲《※こうべくうしゅう》でも生き残《のこ》った十五番《じゅうごばん》館《かん》は、戦後《せんご》、野澤石綿《のざわせきめん》セメント（後の株式《かぶしき》会社ノザワ）の本社として使われることになった。

しかし、どんなに大切に使っても、年月がたてば建物《たてもの》はいたんでしまう。そして古い建物《たてもの》はやはり不便《ふべん》だった。とりこわしてもっと便利《べんり》なビルを建《た》てようという声も上がりはじめた。

そんな時、明治《めいじ》時代の様式を保《たも》つ建造物《けんぞうぶつ》として、十五番館《じゅうごばんかん》が重要文化財《じゅうようぶんかざい》に指定された。一九八九（平成《へいせい》元）年のことである。

これを受けて、当時、社長であった野澤太一郎《のざわたいちろう》は、本社ビルを隣《となり》の敷地《しきち》に建《た》て、十五番館《じゅうごばんかん》は改修《かいしゅう》して保存《ほぞん》しようと提案《ていあん》した。

野澤《のざわ》は十五番館《じゅうごばんかん》の改修《かいしゅう》の仕方にもこだわりを持っていた。

「改修《かいしゅう》も、明治《めいじ》の初《はじ》めのころと全く同じにしたのでは、十五番館《じゅうごばんかん》は実際《じっさい》に使うことのできない、博物館《はくぶつかん》のような建物《たてもの》になってしまう。十五番館《じゅうごばんかん》は、神戸《こうべ》文化発祥《はっしょう》の地である居留地《きょりゅうち》のシンボルなんだ。だから、できるだけ当時の内装《ないそう》を生かしながら、レストランなど気軽に神戸《こうべ》の人に使っ

※神戸大空襲《こうべくうしゅう》　太平洋戦争《せんそう》中の1945（昭和《しょうわ》20）年に行われたアメリカ軍《ぐん》による空襲《くうしゅう》。

てもらえる建物《たてもの》として改修《かいしゅう》しよう。」

野澤《のざわ》の主張《しゅちょう》が通って、十五番館《じゅうごばんかん》は明治初期《めいじしょき》の居留地《きょりゅうち》の面影《おもかげ》をしのぶレストランとして再《さい》出発することになり、解体修理《かいたいしゅうり》が行われた。

「建築当初《けんちくとうしょ》の様式は、できるだけ残《のこ》すんだ。」

「レストランの厨房《ちゅうぼう》は、いつでももとの姿《すがた》に戻《もど》せるように、仮設《かせつ》にしよう。」

「君たちは建物《たてもの》を修理《しゅうり》するんじゃない。神戸《こうべ》の文化を後世に残《のこ》す仕事をしているということを忘《わす》れないでくれ。」

野澤《のざわ》の情熱《じょうねつ》は、工事が始まっても冷《さ》めることがなく、熱心《ねっしん》に改修《かいしゅう》に関《かか》わった。その熱意《ねつい》に引きこまれて、解体修理《かいたいしゅうり》に関《かか》わった技術者《ぎじゅつしゃ》も、みんな一生懸命《いっしょうけんめい》働《はたら》いた。

一九九三(平成五《へいせい》)年四月、全ての解体修理《かいたいしゅうり》を終えて、十五番館《じゅうごばんかん》はレストランとしてオープン。人気の観光《かんこう》名所となった。

がれきの山

一九九五（平成七《へいせい》）年一月十七日、午前五時四十六分のことだった。

ゴーという不気味《ぶきみ》な地鳴りが起こり、やがてカタカタという小さな縦《たて》ゆれが始まり、続《つづ》いてそれは凶暴《きょうぼう》な横ゆれへと変《か》わっていった。

阪神《はんしん》・淡路《あわじ》大震災《しんさい》と呼《よ》ばれることとなるこの地震《じしん》は、マグニチュード七・三、最大震度《さいだいしんど》七という、激《はげ》しく大きなものだった。

死者およそ六千四百人、負傷者《ふしょうしゃ》およそ四万四千人、全半壊《はんかい》家屋およそ二十五万棟《とう》、火事被害《ひがい》およそ七千五百棟《とう》、道路被害《ひがい》およそ七千二百か所、総額十兆《そうがくじっちょう》円以上《いじょう》の被害《ひがい》をもたらす大災害《さいがい》となった。

震災《しんさい》の翌日《よくじつ》、野澤《のざわ》は十五番館《じゅうごばんかん》に向かった。

（無事《ぶじ》だといいが……。）

いのるような気持ちで現地《げんち》について、十五番館《じゅうごばんかん》の姿《すがた》を目《ま》のあたりにした野澤《のざわ》は、がっくりとひざをつきつぶやいた。

「十五番館《じゅうごばんかん》が、神戸《こうべ》の歴史《れきし》がこわれてしまった……。」

野澤《のざわ》の目に飛《と》びこんできたのは、美しい洋風建築《けんちく》の十五番館《じゅうごばんかん》ではなく、無残《むざん》ながれきの山だったのだ。

再《ふたた》びよみがえる十五番館《じゅうごばんかん》

あぜんとする野澤《のざわ》に声をかける人がいた。

「野澤《のざわ》社長、十五番館《じゅうごばんかん》の材木《ざいもく》や部品を避難《ひなん》させませんか。」

それは、被害《ひがい》にあった文化財《ぶんかざい》を調査《ちょうさ》する兵庫《ひょうご》県と神戸《こうべ》市の職員《しょくいん》だった。

「そうはいっても、こんながれきの山、避難《ひなん》させたからって、一体何ができるんですか。」

力なくいう野澤《のざわ》に、市の職員《しょくいん》は熱心《ねっしん》に語りかける。

「材料《ざいりょう》を避難《ひなん》させれば、復旧《ふっきゅう》できるかもしれません。十五番館《じゅうごばんかん》は、神戸大空襲《こうべくうしゅう》にも生き残《のこ》った神戸《こうべ》の大切な建造物《けんぞうぶつ》なんです。やるだけやってみましょう。」

市の職員《しょくいん》は、自分をはげますかのように言葉を続《つづ》ける。

「市や県が力を尽《つ》くして復旧《ふっきゅう》します。今、何万人もの被災者《ひさいしゃ》がいます。火事で焼《や》けた家も多い。市にも県にも、すぐに全てをもとどおりにする力はありません。こんな時に、一つの建物《たてもの》を特《とく》別《べつ》あつかいすることは、本当はいけないことなのかもしれません。しかし、私《わたし》たちは、必《かなら》ず神《こう》戸《べ》を復興《ふっこう》させます。そしていつか復興《ふっこう》した時、この十五番館《じゅうごばんかん》を、大震災《しんさい》からでも立ち直ることができたのだという神戸復興《こうべふっこう》のあかしにしたいんです。がれきの山も、美しい洋館として建《た》て直せたんだと、子どもたちに教えてあげたいんです。」

県の職員《しょくいん》の言葉がふるえる。

「文化庁《ぶんかちょう》にも支援《しえん》をお願《ねが》いする手配をしますが、まずは、用材《ようざい》の移動《いどう》をさせてください。十五《じゅうご》番館《ばんかん》の用材《ようざい》の避難《ひなん》先として、西区にある特別支援学校《とくべつしえんがっこう》の跡地《あとち》が使えます。そこへ移動《いどう》させてくださいお願《ねが》いします。」

熱心《ねっしん》に頭を下げるふたりに、野澤《のざわ》は大きくうなずいた。

「わかりました。用材《ようざい》をうつしましょう。」

十五番館《じゅうごばんかん》の材料《ざいりょう》は、場所をうつして保管《ほかん》されることになった。

地震《じしん》発生から十日後の一月二十七日、東京《とうきょう》から、文化庁《ぶんかちょう》の大和調査官《やまとちょうさかん》がノザワの本社を訪《おとず》れ、十五番館《じゅうごばんかん》のとりあつかいについての会議《かいぎ》が行われた。

大和調査官《やまとちょうさかん》が切り出した。

「そちらの会社では、十五番館《じゅうごばんかん》を復旧《ふっきゅう》されますか？」

簡単《かんたん》な打ち合わせだろうと思っていた野澤《のざわ》は、重大な質問《しつもん》におどろいて聞き返した。

「今なんとおっしゃいましたか？」

「復旧《ふっきゅう》する意思があるのかうかがいたのです。十五番館《じゅうごばんかん》を復旧《ふっきゅう》される時、建物《たてもの》の五十パーセントにもとの材料《ざいりょう》を使ってくださるなら、再《ふたた》び重要文化財《じゅうようぶんかざい》として指定し、予算も優先的《ゆうせんてき》に計上します。文化庁《ぶんかちょう》としても、十五番館《じゅうごばんかん》を神戸《こうべ》復興《ふっこう》のシンボルにしたいのです。」

会議室《かいぎしつ》にどよめきが起こった。十五番館《じゅうごばんかん》は復旧《ふっきゅう》したいが、どれだけお金がかかるかわからない状況《じょうきょう》だ。文化庁《ぶんかちょう》がお金を出してくれるといっても、全額《ぜんがく》ではない。足りない分は会社で負担《ふたん》しなければならないのだ。

野澤《のざわ》はしばらくじっと腕《うで》を組んで考えたあと静《しず》かにいった。

「わかりました。復旧《ふっきゅう》します。ただし、大阪城《おおさかじょう》式で再建《さいけん》するのはいやです。姫路城《ひめじじょう》式で再建《さいけん》するのでなくては。」

「大阪城《おおさかじょう》？　姫路城《ひめじじょう》？」

今度は大和調査官《やまとちょうさかん》が聞き返す。野澤《のざわ》はにっこり笑《わら》った。

「ははは、例《たと》えですよ。大阪城《おおさかじょう》は鉄筋《てっきん》コンクリートで再建《さいけん》されています。それに対して姫路城《ひめじじょう》は、江戸《えど》時代当時の建築方法《けんちくほうほう》で修復《しゅうふく》されているんです。十五番館《じゅうごばんかん》も当時と同じ建築方法《けんちくほうほう》でやりたい。二年前に解体修理《かいたいしゅうり》を済《す》ませたばかりですから、図面もありますし、大丈夫《だいじょうぶ》です。」

「なるほど。もちろんそれで問題ありません。文化庁《ぶんかちょう》としても、昔どおりの建築方法《けんちくほうほう》で復旧《ふっきゅう》していただけるならありがたい。」

「やるからには『お城《しろ》といえば姫路城《ひめじじょう》』というように、『神戸《こうべ》といえば旧神戸居留地十五番館《きゅうこうべきょりゅうちじゅうごばんかん》』

と胸《むね》をはっていえるようにしたいですな。」

そう話す野澤《のざわ》の目には、解体修理《かいたいしゅうり》をした時の力がよみがえっていた。

しかし、実際《じっさい》に工事を進めてみると、野澤《のざわ》のいう姫路城《ひめじじょう》式は難《むずか》しいものだった。

姫路城《ひめじじょう》などの大型建造物《おおがたけんぞうぶつ》を修理《しゅうり》する場合、柱や瓦《かわら》などの材料《ざいりょう》は、順番《じゅんばん》に建物《たてもの》から外し、もとどおりに組み立てるため、番号をふって保存《ほぞん》する。

ところが十五番館《じゅうごばんかん》の場合は、こわれてしまった建物《たてもの》の中から、再生可能《さいせいかのう》な材料《ざいりょう》を選《えら》び出し、それがどこに使われていたかを見きわめるところから始めなければならなかった。その上、材《ざい》料《りょう》の中には、いたみが激《はげ》しくてそのままでは使えないものも多くあった。

しかしそれらは、「金輪継《かなわつぎ》」「やといほぞ」といった明治《めいじ》時代にも使われた大工の手仕事で見事に再生《さいせい》された。そして、建築材料《けんちくざいりょう》の七十パーセントあまりがもう一度使えるようになったのだった。

伝統技術《でんとうぎじゅつ》の活用によって、十五番館《じゅうごばんかん》は文化庁《ぶんかちょう》の基準《きじゅん》をクリアし、引き続《つづ》き重要文化財《じゅうようぶんかざい》の指定を受けることができた。

またこの復旧《ふっきゅう》工事の時、阪神《はんしん》・淡路《あわじ》大震災《しんさい》を教訓《きょうくん》として、地震《じしん》に強い建物《たてもの》にする工夫《くふう》も加《くわ》えられた。最初《さいしょ》に行われたのが、地盤改良《じばんかいりょう》だった。地面にたくさんの杭《くい》を打ちこみ、ゆれにくい地面をつくる。その上にコンクリートを流して建物《たてもの》の土台とした。建物《たてもの》の四隅《よすみ》には、土台とのあいだに免震《めんしん》ゴムを入れた。免震《めんしん》ゴムがあることによって、地面がゆれても建物《たてもの》にゆれは伝《つた》わらない。この免震《めんしん》ゴムが木造建造物《もくぞうけんぞうぶつ》に使われるのは初《はじ》めてのことだった。

さらに、屋根を支《ささ》える部分は、鉄骨《てっこつ》で補強《ほきょう》した。建物《たてもの》が地震《じしん》の時に内側《うちがわ》に倒《たお》れるのを防《ふせ》ぐことができるのだ。

こうして一九九八（平成《へいせい》十）年三月、十五番館《じゅうごばんかん》は再《ふたた》びよみがえったのだった。

私《わたし》が知っている十五番館《じゅうごばんかん》は、この阪神《はんしん》・淡路《あわじ》大震災《しんさい》のあと、建《た》て直されたものだ。きれいでおしゃれで神戸《こうべ》らしい、大好《す》きな建物《たてもの》。

こんなにもはなやかに見える十五番館《じゅうごばんかん》には、神戸《こうべ》と共《とも》に歩んだ平坦《へいたん》ではない歴史《れきし》があり、そこにはたくさんの人々の思いや、様々な努力《どりょく》や技《わざ》がつまっていた。

そうしたものの力で、十五番館《じゅうごばんかん》は試練《しれん》を乗り越《こ》えてこの神戸《こうべ》の町にあるのだ。そのことを知った今、私《わたし》の目には、十五番館《じゅうごばんかん》は今まで以上《いじょう》に美しく見える。

旧《きゅう》神戸《こうべ》居留地《きょりゅうち》十五番館《じゅうごばんかん》は、これからも美しく、そしてたくましい神戸《こうべ》のシンボルであり続《つづ》けるのだろう。

特《とく》別《べつ》コラム

復《ふっ》興《こう》のシンボル

大震災《しんさい》を乗り越《こ》え
人々の希望《きぼう》となった
建造物《けんぞうぶつ》をしょうかいするよ。

岩手《いわて》県

三陸《さんりく》鉄道。

三陸《さんりく》鉄道

2011（平成《へいせい》23）年、東日本大震災《しんさい》後すぐに復旧《ふっきゅう》活動を行い、短い区間でも運行を始めた三陸《さんりく》鉄道は、復興《ふっこう》のシンボルとして地域住民《ちいきじゅうみん》に大きな希望《きぼう》をあたえ、2014（平成《へいせい》26）年、ついに全線運行を再開《さいかい》した。

東京《とうきょう》都

聖路加国際《せいるかこくさい》病院。

聖路加国際《せいるかこくさい》病院

旧《きゅう》外国人居留地《きょりゅうち》に創設《そうせつ》した聖路加国際《せいるかこくさい》病院は、1923（大正《たいしょう》12）年の関東《かんとう》大震災《しんさい》で倒壊《とうかい》し再建《さいけん》された。第二次世界大戦《たいせん》中も傷《きず》ついた人々へ医療《いりょう》を提供《ていきょう》し続《つづ》けた病院である。

神奈川県《かながわけん》

神奈川県庁本庁舎《かながわけんちょうほんちょうしゃ》。

神奈川県庁本庁舎《かながわけんちょうほんちょうしゃ》

現在《げんざい》で四代目となる神奈川県庁本庁舎《かながわけんちょうほんちょうしゃ》は、三代目庁舎《ちょうしゃ》が1923（大正《たいしょう》12）年に起きた関東大震災《かんとうだいしんさい》で焼失《しょうしつ》したあと、復興《ふっこう》事業の一つとして建設《けんせつ》された。県民《けんみん》に「キング」という愛称《あいしょう》で親しまれている。

福井県《ふくいけん》

福井《ふくい》地方・家庭裁判所庁舎《さいばんしょちょうしゃ》。

福井《ふくい》地方・家庭裁判所庁舎《さいばんしょちょうしゃ》

1945（昭和《しょうわ》20）年、第二次世界大戦《たいせん》の戦災《せんさい》により焼失《しょうしつ》し、再建《さいけん》後の1948（昭和《しょうわ》23）年に起きた福井地震《ふくいじしん》の被害《ひがい》からも復興《ふっこう》した。福井《ふくい》を代表する建造物《けんぞうぶつ》である。

愛知《あいち》県

犬山城天守《いぬやまじょうてんしゅ》。

犬山城《いぬやまじょう》

1935（昭和《しょうわ》10）年、国宝《こくほう》に指定された犬山《いぬやま》城《じょう》は、織田信長《おだのぶなが》の叔父《おじ》織田信康《おだのぶやす》によって木曽《きそ》川《がわ》ぞいの小高い山の上に1537（天文《てんぶん》6）年、築城《ちくじょう》されたといわれている。1891（明治《めいじ》24）年に起きた濃尾地震《のうびじしん》で天守《てんしゅ》が半壊《はんかい》。復《ふっ》興《こう》を願《ねが》う人々の声により解体《かいたい》・修理《しゅうり》が行われた。1959（昭和《しょうわ》34）年の伊勢湾台風《いせわんたいふう》の被害《ひがい》からも復興《ふっこう》し、今も人々に親しまれている。

天守《てんしゅ》を守るための附櫓《つけやぐら》。

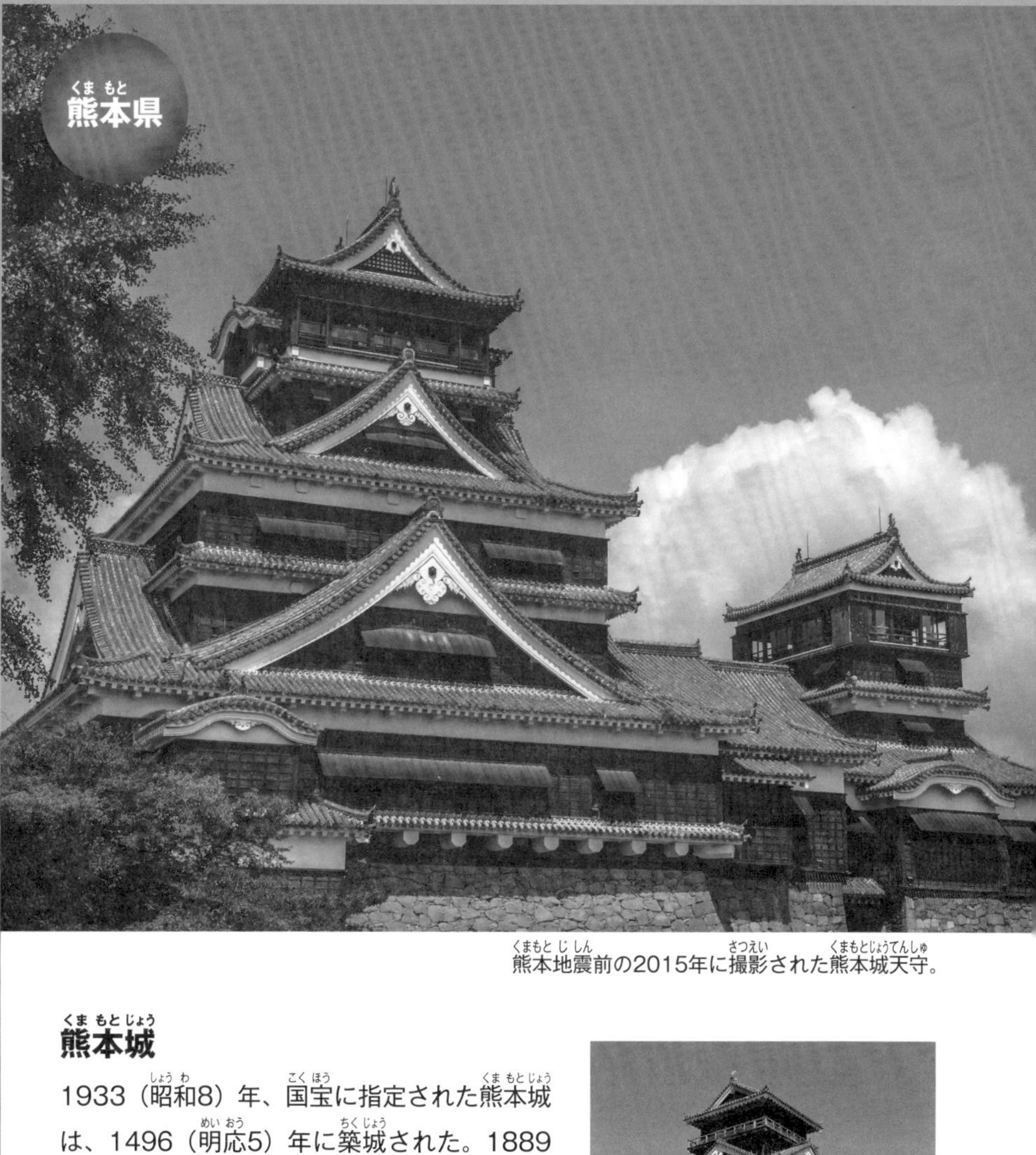

熊本地震《くまもとじしん》前の2015年に撮影《さつえい》された熊本城天守《くまもとじょうてんしゅ》。

熊本城《くまもとじょう》

1933（昭和《しょうわ》8）年、国宝《こくほう》に指定された熊本城《くまもとじょう》は、1496（明応《めいおう》5）年に築城《ちくじょう》された。1889（明治《めいじ》22）年の熊本地震《くまもとじしん》、1991（平成《へいせい》3）年の台風19号でも被害《ひがい》を受け、復旧《ふっきゅう》・復元《ふくげん》されてきた。2016（平成《へいせい》28）年の熊本地震《くまもとじしん》で再《ふたた》び大きな被害《ひがい》を受けたが、県内外から多額《たがく》の寄付金《きふきん》が寄《よ》せられ、復旧《ふっきゅう》・復元《ふくげん》工事が進められている。熊本県民《くまもとけんみん》の希望《きぼう》の城《しろ》である。

熊本地震《くまもとじしん》前の2015年に撮影《さつえい》された宇土櫓《うとやぐら》。

●執筆者　藤田 晋一　宮城県出身で、様々な子ども向け書籍の執筆を手がける。『まんがふしぎ発見! 昆虫ワールド』、「大江戸百鬼夜行」シリーズ、「アニメ版少女チャングムの夢」シリーズ、「ようかいむかし話」シリーズ（金の星社）などがある。

●イラスト　洵

●協　力　公益財団法人竹中大工道具館、京都市上下水道局、株式会社ノザワ

●写　真　法隆寺、株式会社飛鳥園、京都市上下水道局、通天閣観光株式会社、株式会社ノザワ、ピクスタ

●参考文献　『私の履歴書』（日本経済新聞）、『木に学べ法隆寺・薬師寺の美』、『法隆寺の秘話』（小学館）、『勘九郎日記「か」の字』（集英社）、『歌舞伎手帖』（角川学芸出版）、『歌舞伎ハンドブック』（三省堂）、『関西モダニズム再考』（思文閣出版）、『通天閣 新·日本資本主義発達史』（青土社）、『滋賀県の歴史』、『奈良県の歴史』、『京都府の歴史』（山川出版社）、『琵琶湖疏水の100年』（京都市）

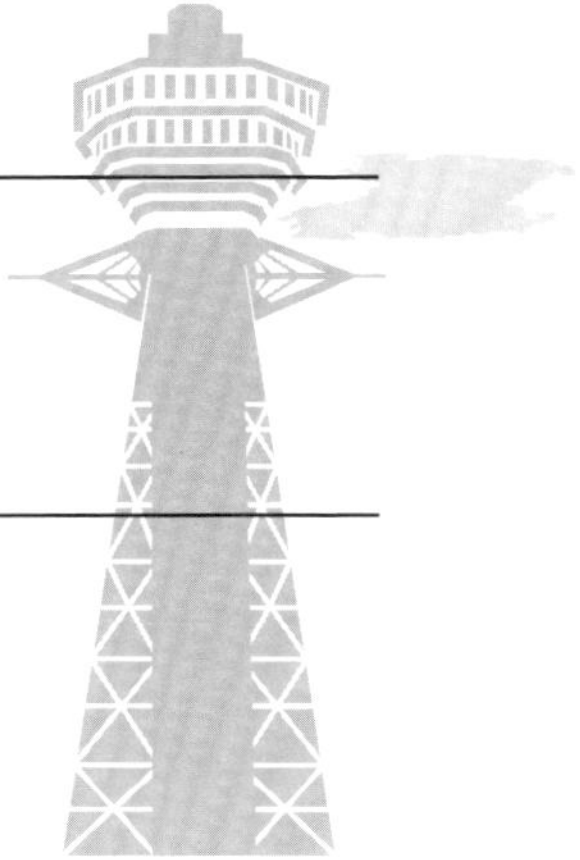

編集・制作　株式会社アルバ
執筆協力　そらみつ企画
デザイン・DTP　チャダル108、スパイス
校正・校閲　有限会社ペーパーハウス

歴史と人物でたどる 日本の偉大な建造物!
ドラマチックストーリー　4 近畿・四国

2018年4月 初版発行

発行者　升川秀雄
発行所　株式会社教育画劇
住所　〒151-0051　東京都渋谷区千駄ヶ谷5-17-15
電話　03-3341-3400（営業）
FAX　03-3341-8365
http://www.kyouikugageki.co.jp
印　刷　大日本印刷株式会社

NDC913・210・521/128P/22×16cm　ISBN978-4-7746-2131-9
（全5巻セット ISBN978-4-7746-3106-6）